Les Bacchanides

Une trilogie théâtrale
par Imago des Framboisiers

Couverture : Photographie par Bruno Valibouse
avec de gauche à droite : Jean-Baptiste Sieuw (Orphée), Julia Huber
(Réglis), Pierre Sacquet (Penthée), Sofia Kerezidou (Urcydie), Monica
Tracke (Agavé), Delphine Thelliez (Sapphô)

Episode 1 :

BAKKHOS,
LA NAISSANCE DES BACCHANTES

aux femmes indépendantes, puissantes et déterminées

PERSONNAGES

	Acteur titulaire du rôle
AGAVÉ, *reine de Thèbes*	Monica Tracke
URCYDIE, *princesse de Thèbes*	Sofia Kerezidou
INÔ, *tante d'Urcydie*	Marion Ettviller
BAKKHOS, *dieu du vin et de la fête*	Jean-Baptiste Sieuw
PENTHÉE, *prince de Thèbes*	Pierre Sacquet
RÉGLIS, *bacchante*	Julia Huber

PROLOGUE

Au début, musique bachique avec des flûtes. Au milieu les attributs de Bakkhos (thyrse, couronne) sont posés sur son autel. La lumière les isole. Un temps de silence. Des tambours retentissent, et avec eux, trois bacchantes masquées, les mêmes que celles qui jouent les trois personnages féminins. Elles dansent autour des attributs et se frappent les cuisses en rythme. Elles commencent à ponctuer leurs danse de cris.

Bacchante 1. J'appelle Bakkhos, le rugissant !

À chaque réplique, l'oratrice passe au milieu. Les autres continent de se frapper la poitrine.

Bacchante 2. J'appelle Bakkhos, le fils de Sémélé.

Bacchante 3. J'appelle Bakkhos, l'enfant et le maître de Thèbes !

Bakkhos entre lentement et va prendre ses attributs. Sitôt qu'il les a, les tambours et les frappes corporelles cessent. Bakkhos observe le public.

Bakkhos. Je suis Bakkhos, le dieu des plaisirs,
Ma venue fait les Grecs se transir !
Dans le vin, à loisir, ce qu'on boit
Je l'avoue, je le clame, c'est bien moi !
Mon verbe décousu se répand
Quand le verre impromptu redescend.

Je reviens d'un voyage exotique,
J'ai vu l'Inde et le Golfe persique,
Les femmes, grâce à mon sortilège

M'ont suivi pour former mon cortège.
Révoltées, écorchées, décadentes,
On les nomme, à raison, les bacchantes !
Roulement de Percussions.

Les Bacchantes. Évohé !

Bakkhos. Nouveau dieu, je viens dans ma patrie.
Je voulais rencontrer ma fratrie.
Mais hélas ! Ma mère Sémélé
M'a t-on dit, est morte foudroyée !
Et pourquoi ? Parce qu'un vain mortel
Son mari, a souillé son autel !

Les bacchantes vont faire le récit en corps de ce qui suit.

Le roi Zeus, profitant d'une absence
Honora de sa sainte présence
Sémélé, la chanceuse mortelle,
Il se languit, brûla d'amour pour elle.
Mais le mari rentrant, fou de rage,
Désira réparer cet outrage,
Jaloux du roi des dieux, l'imbécile
Profana sa femme trop docile
Commettant sur l'autel de ses dieux
L'inconscient ! Un crime périlleux !

L'une des trois joue Zeus, un autre joue Sémélé et la
dernière le mari. À la fin du récit, les deux foudroyées
restent un moment étendues, jouant les morts.

Mère aurait refusé si mes tantes
Avaient tu leur palabre infamante.

Les trois bacchantes vont prendre les voix de leurs

personnages principaux.

Bacchante 1 (Agavé). Tu refuses à ton mari ta couche ?

Bakkhos. Lui disait Agavé la farouche.

Bacchante 2 (Autonoé/Urcydie). Sémélé, tu le trompes et le quittes ?

Bakkhos. Disait Autonoé.

Inô. Ton mérite
Est bien bas.

Bakkhos. Renchérissait Inô.
Et ma mère, aux tourments infernaux,
Dut faire face seule ! Ô infâme !
Femmes liguées contre une femme !
Mais mon cousin Penthée, sans douleur
Lui causa le dernier déshonneur.
Son tombeau et l'autel de mon père
Délaissés, envahis par le lierre !
Je reviens pour punir leur engeance
Et contre eux consommer ma vengeance.

Grand mouvement parmi les bacchantes. Percussions corporelles.

Pour cela j'ai des moyens tout prêts.
Bacchantes, révélez-moi ces traits.

Les Bacchantes 1 et 2 viennent démasquer la bacchante 3 qui s'arrête net de frapper son corps tandis que les deux autres continuent les percussions corporelles plus lentement.

C'est Inô, fille du vieux Kadmos,

Princesse et tante de Dionysos.
Son esprit à présent m'appartient,
Mon pouvoir tant qu'il faut la maintient.
J'entrevois ses désirs et ses vices
Ses tabous sont pour moi des délices.
Je les sais mais je n'en dirai mot.
Vous verrez ses instincts animaux
Étalés, répandus sur la scène
Exposés, pour faire naître l'obscène.

Je prendrai le masque du bouffon,
Ces mortels n'auront aucun soupçon,
Mon Inô fera ma voix tragique
Me laissant l'ivre danse bachique.
(*Fin des percussions corporelles*)
Dans l'effroi, la trop droite Agavé, *(Elle retire son masque)*
Sans le voir, me livrera Penthée.
Pour sa fille Urcydie, l'innocente *(Elle retire son masque)*
J'en ferai, si je puis, ma bacchante.

(Percussions en régie. Bakkhos sort, Agavé aussi, tenant les masques).

ACTE 1
Ancien Sanctuaire de Zeus

(Le décor : L'autel envahi de lierre.)

Scène 1
Inô, Urcydie

(Inô se place face à Urcydie. Les percussions cessent. Lumière.)

Inô. C'est ici, Urcydie, qu'on enterra ta tante, Sémélé. Zeus la foudroya avec son mari tandis qu'elle accomplissait le devoir conjugal sur son autel sacré.

Urcydie. Mais mon frère, le roi Penthée, a défendu qu'on approche de cet autel.

Inô. Ce que ton frère ignore – que les dieux le protègent! - c'est que Sémélé était enceinte de Zeus, le roi des dieux, le maître du ciel. Il a recueilli son fils dans sa cuisse, achevant sa gestation ! Un dieu est né de sa cuisse, et ce dieu, c'est Bakkhos !

Urcydie. Mon cousin est un dieu et mon frère est un roi. Mais moi, qui suis-je ?

Inô. Tu es Urcydie, la fille d'Agavé, la princesse de Thèbes. Tu es semblable à Sémélé , et de corps et d'esprit. Tu possèdes sa beauté, qui charma Zeus. Tu possèdes aussi son caractère fort et déterminé.

Urcydie. Fort et déterminé ? Si elle a cédé à son mari jaloux pour profaner l'autel de Zeus, son caractère était faible.

Inô. Hélas, ta mère, notre sœur et moi-même l'avons

rappelée au devoir conjugal.

Urcydie. Je n'aurais pas cédé, je suis bien différente.

Inô. Et comme tu aurais eu raison, Urcydie !

Urcydie. Que veux-tu de moi, Inô ? Pourquoi m'as-tu amené dans ce lieu défendu ? Maman sera furieuse.

Inô. Je suis venue ici pour te rappeler ta tante, à qui tu ressembles tant, et te convaincre de faire un sacrifice à Bakkhos, de reconnaître son culte pour calmer sa colère. J'ai amené cette amphore de vin, nous devons en verser la moitié sur l'autel et en partager le reste entre nous.

Urcydie. C'est un étrange dieu, qui veut que l'on soit soûl.

Inô. Nous devons nous plier au rituel, Urcydie. Sans cela la colère de ce dieu pourrait s'abattre sur Thèbes et ce dieu punit terriblement ceux qui ne le reconnaissent pas.

Urcydie. Il en veut donc à notre famille ?

Inô. À ta mère, à Autonoé et à moi. Aujourd'hui nous encourrons la colère de Bakkhos. Et ton frère surtout, qui ne reconnaît pas ce dieu et défend qu'on fleure la tombe de Sémélé, court un grave danger.

Urcydie. Qu'il soit foudroyé par Zeus lui aussi, cela me va bien.

Inô. Urcydie, peux-tu souhaiter pareil sort à ton frère ?
(Pas de réponse)
C'est terrible, ce que tu dis Urcydie. Pourquoi lui vouloir tant de mal ? Tu l'aimais pourtant !
(Pas de réponse)
Nous jouions ensemble quand tu étais petite. Rappelle-toi.

9

Je construisais des abris pour vous, nous nous disions tout. Dès que vous le pouviez, vous partiez tous les deux. Vous me laissiez toute seule. Tu te souviens ? Je vous cherchais, vous étiez en train de vous battre. Penthée n'aimait pas perdre. Tu l'embrassais pour le consoler. Pourquoi souhaites-tu sa mort ?
(Silence)
Urcydie, confie-toi à moi. Si tu savais comme tu m'es chère !

Scène 2
Inô, Urcydie, Agavé

Agavé. Que vois-je ici ? Ma sœur qui enlace ma fille dans un lieu interdit par mon fils, notre roi ! Ayant fouillé partout, jusqu'auprès de la forêt, ne pouvant vous trouver, j'ai craint le pire. J'ai ameuté la ville, interrogé tout le monde, j'ai demandé si on vous avait vues. Près de la porte nord-ouest, m'a t-on dit. Sur la route escarpée, m'a t-on encore dit. Il n'y a rien là-bas. Où vont-elles ? Je devenais folle. Aurais-je pu songer que vous vous apprêtiez à enfreindre une loi de la ville ? Aurais-je pu songer que vous braviez notre roi et mon fils ?

Inô. Penthée ne respecte pas la mémoire de Sémélé en laissant son tombeau sans fleurs, abandonné au lierre.

Agavé. Tu te soucies de notre sœur à présent, Inô ? Ne l'as-tu pas avec moi déclarée traîtresse ? N'as-tu pas su comme moi qu'elle avait trompé son mari et voulait garder l'enfant ? Penthée veut qu'on punisse férocement les femmes adultères.

Inô. Penthée ! Toujours Penthée ! Sa loi est-elle supérieure à celle des dieux ?

Agavé. Mon fils parle avec les dieux. Zeus a puni Sémélé, ainsi Penthée punit aussi Sémélé. Laisse Urcydie partir et ne la mêle pas à ça. Tes paroles sont mauvaises pour elle. Si elle suit ton exemple, elle n'aura pas de mari !

Urcydie. Je n'ai pas besoin de mari pour être sage ni de fils pour me gouverner !

Agavé. Ainsi parle Urcydie parce qu'elle t'écoute ! J'aurais dû l'éloigner de toi. Tu la flattes et la choie trop. Tu la touches sans cesse comme si elle était à toi.

Inô. Ta fille est invisible, tu ne vois que ton fils !

Agavé. Écoute, Urcydie, le serpent parler par sa bouche ! Du vivant de ta tante, Sémélé, crois-tu qu'elle se souciait d'elle ? Reproches, critiques, rumeurs, Inô n'épargnait rien ! Elle était jalouse ! Sémélé était si belle, si fière ! Tu crois qu'elle t'aime parce qu'elle te flatte, mais prends garde à ce qu'elle ne te haïsse pas, comme elle haïssait Sémélé !

Inô. Tu dis cela sur l'autel de sa mort !

Agavé. Je le dirai devant Zeus car cela est vrai.

Inô. Mais j'ai honte Agavé, d'avoir fait du mal à ma sœur. Toi tu en sembles fière ! Et cet enfant qu'elle attendait, il vit ! C'est un dieu !

Urcydie. Bakkhos.

Agavé. Bakkhos ! Avez-vous perdu l'esprit ?

Inô. Il m'est apparu en rêve et m'a dit de venir ici reconnaître son culte.

Urcydie. Nous devons verser la moitié de ce vin sur l'autel et en partager le reste entre nous.

Agavé. Où as-tu pris ce vin ? Inô, tu l'as dérobé à notre vieux père !

Inô. Père souffrira moins de perdre son vin plutôt que sa famille.

Agavé. Insensée ! Je n'ai jamais entendu parler de ce dieu ! Le fils de Sémélé !

Inô. De Sémélé et de Zeus.

Agavé. Tu cauchemardes, Inô ! Tu perds l'esprit ! Donne-moi cette amphore, Urcydie ! Je vais la rendre à ton grand-père !

Urcydie. Maman, ne fais pas ça ! *(Elle résiste)*

Inô. N'excite pas la colère du dieu, Agavé !

Agavé. Il n'y a pas de Bakkhos ! *(Elle arrache l'amphore qui se renverse sur l'autel)*

Urcydie. Maman !

Inô. Le rite est accompli, nous devons boire !

Agavé. Folle, tu as déjà trop bu ! *(On entend des trompettes)* Qu'est-ce ?

Inô et Urcydie. Bakkhos !

(Inô prend l'amphore et boit, la passe à Urcydie, qui fait de même. Elles passent à Agavé qui ne boit pas.)

Scène 3
Agavé, Urcydie, Inô, Bakkhos

(Bakkhos entre en roulant sur le sol et se relève péniblement)

Bakkhos.
Ah mais nom de mon père ! Qui m'invoque ?
Et de si bon matin ? Quel colloque !
On me prie ! Et ici ! Qui l'eût cru ?

A t-on au moins un verre ? Point de vin ?
Quoi ? Tout cela, par terre ? Mais enfin !
Tout ce vin, renversé ! Pourquoi faire ?

Comment pourrons-nous boire, à présent ?
Sale affaire, je dis ! Maintenant...
S'il vous plaît, dites-moi : il en reste ?

(Il boit tout le reste d'une traite)
Deux gouttes, oui ! Sale journée ! Bon ?
Qu'est-ce que vous voulez ? Finissons !

Agavé. C'est toi, Bakkhos ?

Bakkhos. Bah oui, c'est moi, pas Apollon ! Fi !

La barbe, celui-là ! Ce crétin !
Il se lève à six heures, au matin,
Et fringuant, et content, et souriant

Pour faire du cheval, sur son char,
Promener son soleil, ce braillard,
Qui brille, qui crie et qui réveille !

13

Inô. Mais tu es... enfin...

Urcydie. Tu n'es pas...

Bakkhos. Grand ?

Inô. Si, mais...

Bakkhos. Musclé ?

Urcydie. Oui.

Bakkhos. Je ne suis pas Arès ! Ni Hercule !
Mais si je me fâche, l'on recule,
Ma colère, on la craint, à raison !

Inô. Ô Bakkhos, j'ai pour ta gloire initié ces deux femmes
à tes mystères !

Bakkhos. Et il t'en remercie ! Maintenant...
(Il sort un instant et revient avec un thyrse.)
Le thyrse ! Je vous en fais présent !
Prenez-le, c'est cadeau, pour vous trois.

Inô. C'est... un bâton orné de lierre ?

Bakkhos. Ce bâton, chère Inô, tu vas voir,
Est magique et contient mon pouvoir !

Il peut vaincre un cyclope enragé,
Et sauver une ville en détresse,
D'une armée déceler les faiblesses,

Écraser les hoplites et les lances,
Sur la mer, condamner des navires,
Et des rois renverser les empires !

Si tu frappes un lion il se meurt,
Frappe un homme et son crâne est fendu
Une épée et sa lame est rompue !

Il soumet les peuples et les rois
Grâce à lui, les hommes te respectent,
N'étant plus que de simples insectes

Qui craignent pour leur vie, à raison !
Car tes coups ont la force d'Achille !
Prends-le donc, cesse d'être fragile !

Défais-toi de ces hommes orgueilleux !

Agavé. Les filles, prenez garde, il ne nous appartient pas
de défier nos maris et nos frères ! Ne prenez pas ce thyrse !

Bakkhos. *(Soudain comme possédé)*
Silence quand je parle, Agavé !
Les thébains et ton fils dépravé,
Je le sais, nourrissent ta colère.
Cesse de te mentir, sois sincère !
Étouffe toutes tes réticences
N'attends plus, déchaîne ta puissance !
Ô femme, ton sexe n'est pas faible
Il ne l'est qu'à trop suivre la règle.
Enfreignez, refusez le dressage,
Et chassez, oubliez le tissage !
Quoiqu'Inô ait agi pour braver
L'interdit, c'est bien toi Agavé
Qui me fit apparaître en ces lieux.
Le thyrse est donc à toi, pour le mieux,
Possédant mon pouvoir tu vaincras

Ces thébains qui ne m'honorent pas.
Ces idiots ! Oublient-ils que leurs femmes
Tout comme eux, peuvent manier les lames ?
Pensent-ils que toutes sont sans haine
De porter cette charge inhumaine ?
Enfermées pour couver des enfants ?!
Qu'existe t-il de plus étouffant ?
La douleur de les avoir portés,
Le labeur, n'était-ce pas assez ?
Prends le thyrse, Agavé, sois la cheffe,
Mène-les, incarne mon grief
Thèbes n'aime ni toi ni Bakkhos,
Venge-nous, c'est là ton sacerdoce.
Pars d'ici, emmène les femmes
Leurs maris te voueront tous au blâme,
Qu'importe ! Mène-les dans mon temple
Mets du cuir, oublie cette robe ample
Mauvaise pour la chasse et combats
Pour ta communauté ! Tout là-bas
La forêt sera ton sanctuaire,
Tes suivantes boiront pour me plaire
Des amphores de vin qui viendront
De vos propres vignobles et crieront
Evohé ! Evohé ! Que ce cri
Autre nom de Bakkhos vous rallie
Prête serment, ô ma combattante
Et devient maîtresse des Bacchantes.

(Agavé n'ose pas bouger)

Inô. Peux-tu hésiter Agavé, quand notre roi Bakkhos
t'offre sa puissance et son nom ?

Agavé. J'ai aimé mon mari, pourrais-je aimer Bakkhos
aussi bien que lui ?

Bakkhos. Prends seulement le thyrse, Agavé
Et brave les thébains effrontés !
Ces vieux fous n'écoutent plus ton père
Qui fonda leur cité, ils sont fiers
D'intriguer, d'influencer ton fils !
C'est assez ! Défie-les ! Prends le thyrse !

Agavé. Je crains cependant un malheur, qui nous
frapperaient toutes. Dois-je le prendre ?

Urcydie. Maman, ne fais pas patienter ce dieu qui se tient
devant toi. Veux-tu notre malheur ? Prends le thyrse, ou
moi, qui suis ta fille, je le saisirai à ta place.

Agavé. Si ce n'est pas mon orgueil qui me perd, ce sera le
tien. *(Elle saisit le thyrse. Bakkhos semble redevenir égal
à lui-même.)*

Bakkhos. À présent, tu dois quitter ce toit
Ce foyer qui n'est plus rien pour toi ;
Accomplis ce que veut Dionysos :

Répands mes mystères ! Pas le vin !
Je m'en vais, dans mon antre divin !
Bacchantes, forgez votre destin ! *(Il sort en grande
pompe)*

Scène 4
Agavé, Urcydie, Inô

Inô. Agavé, c'est toi qui es porteuse du thyrse, c'est toi qu'il a choisi ! Comprends-tu à présent qu'il faut reconnaître son culte ?

Agavé. Je l'ai vu, il est réel. Mais son attitude bouffonne dissimule sans doute quelque traîtrise. Je ne suis pas tranquille.

Urcydie. Pour un dieu en colère, je l'ai trouvé détendu.

Inô. Ne t'y fie pas, Urcydie. Dionysos est le prince des masques, le dieu du théâtre et du vin, changeant comme lui. Il y a le bouffon agréable, le gentil bateleur, et le roi de la nuit, le tigre dévoreur. Si le rond de son ventre rassure, vous pouvez, à l'instant, être sa nourriture.

Urcydie. C'est étrange, je crois le reconnaître dans tes yeux.

Inô. Laissons cela.

Agavé. Oui laissons cela. Je vois qu'il est un dieu et nous sommes de pieuses Grecques, respectueuses des traditions. Il faut faire ce qu'il dit et quitter le palais, sans attendre Penthée. Il comprendra.

Urcydie. J'en doute fort.

Agavé. Je le convaincrai.

Urcydie, *bas à Inô.* Trop de naïveté.

Agavé. Je m'en vais voir notre sœur Autonoé pour la convaincre de nous rejoindre. Puis nous irons établir notre camp au Cithéron, au bas de la montagne !

Inô. Quant à moi je resterai quelques jours à Thèbes pour convertir les femmes de la ville, selon la volonté de Bakkhos, puis je ferai transporter son autel au Cithéron, auprès de ses fidèles.

Urcydie. C'est par les femmes que Bakkhos impose sa puissance, prêtons-lui nos bras forts, et les hommes nous respecteront ou resteront seuls.

Inô. Bien parlé, Urcydie.

Agavé. Il est temps de partir, mes bacchantes ! Évohé !

Inô et Urcydie. Évohé, Évohé !

ENTRACTE 1 :
Penthée au sanctuaire

Scène 1
Penthée, *seul*

Quelques jours plus tard, Penthée arrive, furieux.

Je reviens du banquet où l'on m'avait convié. Avant d'être en ces lieux, j'étais tout à la fête, joyeux, guilleret, je marchais en confiance. Et que vois-je en rentrant ? Le chaos, le désordre ! C'est ainsi que ma mère abandonne son rôle ! Elle, si respectable ! Nous trahir de la sorte ! Je viens de voir grand-père acclamant son forfait ! Le fondateur de Thèbes applaudit la démente qui quitte le foyer ! Et pas seule avec ça ! Plus de cinquante femmes ont suivi l'impudente qui me donna le jour ! Mais je les punirai, je les ramènerai au sein de leurs foyers pour servir leurs maris ! Quand je vois nos enfants là, livrés à eux-mêmes, j'ai honte pour ces femmes ! Quant à leurs décideuses, j'en ferai des esclaves qui tisseront pour moi !

Scène 2
Penthée, Inô, les Bacchantes d'Afrique et d'Asie

Entre Inô, portant le masque de Bakkhos, suivie par les Bacchantes d'Afrique et d'Asie.

Inô. (*Possédée par l'esprit de Bakkhos)* Où est Penthée ? Où est le malheureux roi de Thèbes ?

Penthée. Comment ! Ma tante, vous voilà vous aussi dans ce grotesque accoutrement !

Inô. Ce n'est pas Inô, fille de Kadmos, qui te parle,

infortuné Penthée ! C'est Bakkhos lui-même, le bienheureux !

Penthée. Elle est folle. Et qui sont ces femmes qui t'entourent, avec leurs masques ?

Inô. Ce sont les Bacchantes d'Asie et d'Afrique, répondant à l'appel de Bakkhos, le rugissant !

Bacchante 1. Je viens de l'Inde lointaine où les danses de Bromios se sont répandues dans les villages !

Bacchante 2. J'ai quitté les bords du Nil blanc au son des tambourins et des flûtes bachiques !

Toutes. Évohé ! Évohé !

Inô. Bakkhos vient te demander de te joindre à ces femmes, de te coiffer de la couronne de vignes, et de passer une robe de bacchant pour honorer le dieu !

Penthée. Que moi, Penthée, prince de Thèbes, je m'abandonne à vos débauches ! Il n'en sera rien, je vous ferai saisir par mes gardes, et conduire en prison, toutes autant que vous êtes, étrangères dépravées ! Et toi aussi ma tante, puisque tu conduis ces paillardes !

Inô. Inconscient roi !

Bacchante 1. Tu provoques la colère de Dionysos !

Bacchante 2. Demande-lui pardon !

(Les bacchantes commencent à frapper sur leur poitrine et à danser autour de lui)

Inô. (*après un rire*) Bakkhos te pardonne ! Pourvu que tu veuilles abandonner ton trône à ta mère, Agavé, et la supplier de régner à ta place ! À ce prix, tu auras son pardon et tu seras initié à ses mystères !

Penthée. Offrir le trône à une femme ! Jamais ! Je te ferai torturer, stupide magicienne, et tes disciples avec !

Inô. Tu vas sceller ton sort, Penthée, et celui de ta famille. Renonce à ta folie tant qu'il en est encore temps !

(Les Bacchantes continuent de tourner autour de lui)

Penthée. Gardes ! Gardes, emmenez ces bestioles d'orgies dans les cachots du palais ! Qu'on les fasse fouetter et coucher à terre pour leur apprendre à obéir !

ENTRACTE 2 :
La prison de Penthée

Scène Unique
Inô, Les Bacchantes, la voix de Bakkhos

(Bruit de porte de prison. Les bacchantes sont regroupées à l'avant-scène, isolées et serrées. Bruit de fouet, on les entend tomber au sol et hurler. Musique.)

Inô. Ô Bakkhos, prête-nous ta puissance !

Bacchante 1. Aide-nous, Bromios, punis Penthée l'infâme !

Bacchante 2. Donne-nous le feu, Évohé, et nous brûlerons tout sur notre passage !

Voix de Bakkhos. Oui pour vous, mes Bacchantes au supplice,
Qui pour moi avez fait sacrifice,
Je frapperai le sol de mon thyrse,
Déchaînant sur Penthée mon courroux !
Sa prison va tomber sous mes coups !
Montrez à l'hypocrite ingénu
Le rouge de vos poitrines nues
Dans les bois, saisissez des bâtons,
Mettez-y du lierre, ils deviendront
Des thyrses ! Vous serez invincibles,
Ils se rendra devant l'impossible !
C'est sa dernière chance, qu'il la saisisse !
Qu'il me reconnaisse, ou qu'il périsse !
(Bruit d'effondrement du mur. Les bacchantes se regardent et hurlent. Musique.)

ACTE 2
Au pied du Mont Cithéron

Scène 1
Agavé, Urcydie

Isolation lumineuse sur l'avant-scène, l'autel est invisible. Près du feu se trouve Urcydie, Agavé est auprès d'elle.

Agavé. Cela fait plusieurs jours qu'Inô est là-bas. J'espère qu'il ne lui est rien arrivé.

Urcydie Je l'espère aussi. *(Silence)*

Agavé. Te plais-tu mieux ici ?

Urcydie. Oui, bien mieux.

Agavé. Pourtant on ne le lit pas sur ton visage. Que te manque t-il ?

Urcydie. Je ne sais pas.

Agavé. Ton frère te manque ?

Urcydie. Non.

Agavé. Moi, il me manque.

Urcydie. J'ai vu.

Agavé. Nous avons besoin de son appui.

Urcydie. Tu as besoin de son appui, surtout depuis que papa n'est plus là. Je suis comme invisible.

Agavé. Nous avons toutes besoin de lui, il règne sur la ville, s'il se déclare contre nous, ce sera la guerre.

Urcydie. Mais il ne le fera jamais, n'est-ce pas ? *(Silence)*

Agavé. Pourquoi parles-tu si souvent contre lui ? *(Urcydie lance à sa mère un regard terrible et se lève)* Où vas-tu ? Reste ici ! *(Urcydie s'immobilise et se retourne vers sa mère)* Réponds à ma question.

Urcydie. Je ne me répéterai pas.

Agavé. Vous étiez jeunes. N'as-tu jamais pensé que vous étiez tous les deux responsables ? *(Un temps)* Tu n'as rien à dire ?

Urcydie. Non. *(Un temps)* As-tu fini ?

Agavé. J'ai l'impression que tu ne m'aimes pas.

(Silence)

Scène 2
Agavé, Urcydie, Inô, Réglis

(La lumière éclaire Inô auprès de l'autel qu'elle vient d'apporter.)

Inô. Évohé !

(Urcydie court vers elle pour l'embrasser)

Agavé. Évohé ma sœur ! Comment fut ton voyage ? Où sont nos nouvelles bacchantes ? *(Elle écarte Urcydie qui s'agace et s'éloigne. Inô en semble affligée.)*

Inô. Il y en a plus d'une centaine qui rejoignent nos rangs. Évohé à nos sœurs !

(Les bacchantes arrivent au fond de la scène, Réglis se détache du groupe et entre)

Agavé. Mais que s'est-il passé ? Pourquoi êtes-vous en sang ? *(Inô détourne la tête)* Que quelqu'un réponde !

Réglis. Évohé !

Agavé. Qui es-tu, jeune femme ?

Réglis. Je suis Réglis, j'ai répondu à l'appel de Bakkhos, je parlerai au nom de ses servantes.

Agavé. Alors dis-moi, Réglis. Que s'est-il passé ?

Réglis. Cela risque de t'affliger Agavé.

Agavé. Il n'importe. Parle. *(Réglis regarde Inô qui fait un signe de tête)*

Réglis. Il s'agit de ton fils.

Agavé. Penthée ? Qu'a t-il dit ? Qu'a t-il fait ? Eh bien, parle.

Réglis. Revenu de son voyage, et apprenant de ton père que de nombreuses thébaines avaient quitté leurs maisons, il s'emporta contre ce nouveau culte et, voyant que d'autres voulaient se joindre au mouvement, il fit emprisonner cinquante citoyennes sans procès. Il les fit enchaîner et fouetter sur le sol.

Urcydie. L'infâme !

Agavé. C'est impossible !

Inô. C'est la pure vérité.

Réglis. Mais Bakkhos soit loué, qui entendit nos prières ! Alors que tout espoir semblait anéanti, les murs de la prison, par on ne sait quel miracle, s'effondrèrent et ces nouvelles Bacchantes se répandirent dans les rues, échevelées, leurs robes déchirées, leurs poitrines nues, parfois marquées au sang. D'autres, en voyant ce prodige, sortirent à leur tour, abandonnant leurs enfants, parfois les prenant avec elles. Les hommes, dépassés par l'ampleur du phénomène, étaient trop stupéfaits pour prendre les armes et les retenir. Mais, plutôt que d'aller prendre dans les armureries, les glaives, les piques et les boucliers, les insurgées coururent vers la forêt toute proche et prirent des bâtons qu'elles entouraient de lierre, se faisant par là de nouveaux thyrses. Investies de la force de Dionysos, lorsqu'elles virent arriver les gardes du palais, elles frappèrent simplement leurs boucliers avec ces armes à l'apparence inoffensive et les enfoncèrent comme de vulgaires cibles de paille, repoussant leurs assaillants sans effort. Je vis tout cela de mes yeux, et lorsque je les vis partir, je vis que notre sœur était au milieu d'elles et brandissait son thyrse en signe de victoire. Je remerciai Bromios, le défenseur des femmes. Je guidai les bacchantes à travers la forêt. Je criai Évohé, Évohé, les femmes répondirent : Évohé, Évohé ! Jusqu'ici. Nous voici à présent, nous ployons le genou devant celle qu'on nomme la Maîtresse des Bacchantes, choisie par Dionysos. *(Elle s'agenouille)*

Agavé. Relève-toi, Réglis. Relevez-vous toutes. Vous avez été éprouvées par ce combat et par ce dur voyage. Prenez place dans le campement, montez vos tentes, partagez notre repas. Nos compagnes se chargeront de vous montrer tout ce dont vous aurez besoin. Ce soir, si Bakkhos le veut, nous nous retrouverons. *(Toutes sortent sauf Inô, Agavé et Urcydie)*

Scène 3

Inô, Agavé, Urcydie

Inô. Ton fils a promis de mater la révolte et de faire des Bacchantes des esclaves qui tisseront pour lui. *(Urcydie sursaute et respire difficilement)*

Agavé. Penthée rentre tout juste, le changement est brutal. Il est furieux de voir les femmes de sa vie quitter son foyer. Donne-lui une semaine tout au plus, et il changera d'idée.

Inô. Et ces femmes emprisonnées, ces vœux terribles, les comptes-tu pour rien ?

Agavé. Il a l'âme trop fière et l'invective facile. Il ne faut pas y prendre garde.

Inô. Pourtant sans l'intervention de Bakkhos, des dizaines de femmes auraient trouvé la mort aujourd'hui.

Agavé. C'est par là qu'il verra que ce dieu est puissant et mérite son culte.

Urcydie, *explosant.* Maman, es-tu sourde, ou es-tu aveugle ? *(Tout le monde se tourne vers Urcydie)* Quoi, tu lui trouves des excuses parce qu'il est ton fils ?

Agavé. Il est encore notre roi.

Urcydie. (*s'effondrant à genoux, avec sur le visage des larmes de colère et de dépit)* Hélas ! Nous sommes malheureuses si Bakkhos t'a choisie, le dieu se joue de nous ! D'abord nous libérer puis voir notre libératrice ployer devant l'ennemi !

Agavé *(criant).* Veux-tu que notre famille se déchire, Urcydie ? Veux-tu que ce culte pacifique, cette communauté sans arme, devienne demain une horde de sauvageonnes, puant le sexe et le sang, tuant tous ceux qui lui résistent ?

Urcydie *(pour elle-même)*. Oh abjecte, infâme reine aveugle, qui voue ton peuple à l'horreur et à la destruction !

Inô. Urcydie, comment peux-tu dire cela de ta mère ? Retire cela tout de suite !

Urcydie. Je ne retire rien ! *(Elle repousse très violemment Inô)* Laissez-le faire, agenouillez-vous devant Penthée, vous ne valez pas mieux ! *(Elle part dans la forêt)*

Scène 4
Agavé, Inô

(Silence. Inô tombe assise. Silence.)
Agavé. Je ne pensais pas, Inô... *(Un temps. Agavé s'assoit aussi)* Je ne sais plus quoi faire d'elle.

Inô. Agavé, il y a quelque chose avec Penthée. Quand nous étions petites, il était toujours avec nous, Urcydie l'aimait !

Agavé. Elle l'aimait trop, Inô. Et quand on aime trop, on finit par devenir jaloux.

Inô. Il y a des années que je ne les ai plus vus ensemble. Je croyais que c'était l'âge et ses nouvelles fonctions de roi !

Agavé. Un jour, c'était il y a des années, ils se sont fait mal en jouant. Urcydie provoquait, elle voulait faire l'homme avec sa petite épée. Penthée n'a pas supporté de perdre et il lui a fait mal. Je les ai séparés. On ne devrait jamais élever filles et garçons ensemble, cela finit toujours mal.

Inô. Je n'ai été élevée qu'avec vous trois, mes sœurs, et regarde ce que je suis ! Cela ne veut rien dire.

Agavé. Tu regardais trop Sémélé.

Inô. Oui je la regardais trop, elle était belle.

Agavé. Fais attention avec Urcydie.

Inô. Mais je fais attention ! Et je sens qu'il y a quelque chose avec Penthée. Quelque chose qui n'est pas normal.

Agavé. Que sais-tu de ce qui est normal entre un homme et une femme ? Tu n'aimes pas les hommes !

Inô. Je n'aime pas les hommes parce qu'ils font du mal, et parce qu'ils sont laids.

Agavé. Et tu sers Bakkhos ! Quelle ironie !

Inô. Je sers Bakkhos parce qu'il ne m'oblige pas à me marier !

Agavé. Et moi je sers Bakkhos parce qu'il nous protège, toi, moi et Penthée !

Inô. Mais ta fille, qui la protégera ?

Agavé. L'orgueilleuse croit qu'elle n'a pas besoin d'aide. On ne peut rien pour elle.

Inô. Il faut lui parler.

Agavé. Elle ne dira rien. Chez elle, tout n'est que silence et provocation. Occupons-nous du campement, Inô. Les autres nous attendent.

Inô. Je viendrai tout à l'heure, je suis épuisée.

Agavé. Si tu vois Urcydie, dis-lui que je lui garde à dîner. *(Elle sort)*

ACTE 3 :
La forêt

Scène 1
Inô, Bakkhos

Bakkhos. J'ai appris des choses singulières
Par tes yeux, je vois la sale affaire,
Un frère qui fait mal à sa sœur !

Inô. Au point qu'elle ne dise plus rien...

Bakkhos. Chère Inô, il nous faut son récit
Ce Penthée a l'âme bien rassie.
Je veux voir ses méfaits sous son masque !

Inô. Mais comment ? Urcydie reste muette !

Bakkhos. *(sortant une épée de bois)*
J'ai l'épée tout de bois qu'elle avait,
Sa version, nous l'aurons par ce biais.
(Il pose l'épée à terre)
Urcydie la verra sur le sol.
Mon pouvoir saisira sa pensée.
La forêt l'entendra se confier.

Inô. Comme je crains de l'entendre !

Bakkhos. C'est trop tard pour la peur, la voilà !
(Il sort, Inô se cache.)

Scène 2
Urcydie, (Inô, cachée) *puis* L'ombre de Penthée

(Urcydie avance près de l'autel et trouve l'épée)

Urcydie. Que fait là cette épée ? Si je m'y attendais !

Allez-vous m'écouter, esprits de la forêt ? Est-ce un signe de vous ? Vous ne répondez rien. C'est heureux, chers esprits ; je ne me confie qu'au silence. Il était là.

(Entre l'Ombre de Penthée, qui s'arrête au fond de la scène)

C'est sa voix seule que j'entendais ce jour-là. Oui, j'aimais provoquer, j'aimais me battre en jeu. Je lui ai dit Penthée, arrête de faire l'homme et fais-moi un baiser. Comme il me disait non tout en me faisant croire que j'en pourrais avoir, il me tenait pour lui, pouvait m'utiliser. Vers mes douze ans, lui en avait quatorze, j'aimais le défier en combat singulier, avec l'épée de bois, mais il perdait toujours et me faisait la tête, me privait de baisers. Je me battais pourtant et ne voulais pas perdre. Mais il me fit un jour une bouderie telle que pendant des semaines, du moins j'eus l'impression que c'était très longtemps, je n'eus aucun baiser. Peut-être qu'il n'en voulait plus du tout, savais-je ? Pour le tester je vins le provoquer en duel, si je gagnais j'aurais mon baiser. Il sourit.

L'ombre de Penthée. Et si tu perds ?

Urcydie. Je lui laisse le choix : embrasse-moi ou pas. Il accepte les termes. Mais à ce moment-là, je ne veux pas gagner, je veux de la tendresse. Je donne tout le change, pourtant je fais semblant, je laisse l'occasion et je me défends mal, je veux le voir gagner et connaître mon sort. Le veut-il son baiser ? Je fais durer un peu, puis je laisse l'épée frapper sur mon flanc gauche. Et il sourit enfin ! J'étais tellement heureuse ! Pourtant il continue, et je perds l'équilibre. Il arrive sur moi et m'enlève l'épée tandis que la sienne compresse ma poitrine.

L'ombre de Penthée. « A présent petite sœur, nomme-moi donc ton maître. »

Urcydie. Je refusai ; furieux, il appuya le bois, écrasant mon sternum.

L'ombre de Penthée. « Traîtresse ! Je t'ai vue, tu m'as laissé gagner ! En plus d'être insolente, tu veux m'humilier ! Mais tu verras, tu n'auras pas le dernier mot. »

Urcydie. C'est vrai... je ne l'eus pas. *(Elle respire profondément, et des larmes de honte de colère apparaissent)* Car sa main libre a relevé tout mon chiton et il l'a enfoncée au creux de mes entrailles. Comme j'eus préféré que son épée m'étouffe ! J'ai pleuré j'ai crié, personne n'entendait. Que le silence. Je cesse. A quoi bon ? J'attends juste. Est-ce que j'allais mourir ? La honte ne tue pas, pas plus que la tristesse. Je suis vivante donc, et dedans je suis morte. Je me relève alors et je pars sans un mot. Lui non plus ne dit rien. *(Sortie de l'Ombre de Penthée)*

Quand je parle à maman, elle me crie dessus, nos jeux sont trop violents, il faut arrêter ça, on n'est plus des enfants. Pour cela c'était vrai, cette enfant était morte. On m'interdit l'épée, me sépare de lui. Il devient roi de Thèbes et moi je me dessèche.

Scène 3
Urcydie, Inô, Bakkhos

Inô, *sortant de sa cachette.* Urcydie...

Urcydie, *brandissant son épée.* Inô ! Tu m'as entendue !

Bakkhos et Inô, *en même temps.* C'est moi qui t'ai entendue.

Urcydie. Bakkhos !

Bakkhos. Je vois tout par ses yeux, Urcydie.
Ce qu'il me faut savoir, tu l'as dit.

Urcydie. J'ai tant de honte, tant de rage ! Ne me plains pas, Bakkhos, ne me plains jamais ! L'épée est dans ma main, plus contre ma poitrine.

Bakkhos. Je connais ta valeur, te venger
Je le puis, non sans efflux de sang,
Car Penthée est loin d'être innocent.

Urcydie. Comment ? Dis-moi comment !

Bakkhos. Si tu peux, malgré ton préjudice
Pour lui, rendre une saine justice,
Ta tribu règnera, bienheureuse,
Mais sinon, dans la voie ténébreuse
Où tu t'engagerais, la vengeance,
Tu n'auras toute ton existence
Pour les tiens qu'une vie de violence.

(Il s'éloigne et disparaît dans l'obscurité)

Urcydie. Bakkhos, reviens ! Il faut qu'il périsse ! Quelle justice puis-je faire ? Bakkhos ! *(Elle se jette sur lui mais trouve Inô. Elles sont proches.)*

Scène 4
Urcydie, Inô

Inô. Urcydie... tu es toute proche. Je suis désolée, j'ai tout entendu.

Urcydie. Bakkhos parlait par ta bouche. Tu ne t'en souviens pas ?

Inô. Tu es si belle, Urcydie. Tu le sais ?

Urcydie. Je sais que tu le penses. Tu me regardes depuis des années. Moi je ne regardais que Penthée. Je ne sais pas pourquoi tu me regardes. Je suis mauvaise.

Inô. Non, tu n'es pas mauvaise.

Urcydie. Je veux du mal à mon frère et à maman. Je veux qu'ils meurent.

Inô. C'est normal, Urcydie, je comprends, après ce qu'il a fait... et Agavé qui ne t'a pas crue !

Urcydie. Qui ne m'a pas crue ? *(Elle rit)* Inô, ma chère Inô, elle m'a crue et elle n'a rien fait ! Son rêve, c'est que nous nous réconcilions ! Elle n'a rien fait !

Inô. Je la convaincrai, il faut qu'elle répare son injustice !

Urcydie. C'est inutile, Inô, reste. Elle n'écoutera rien. Reste avec moi. *(Elle la serre et respire fort)*

Inô. Pas si près, Urcydie. Éloigne-toi.

Urcydie. Je ne veux pas.

Inô. Je ne veux pas être une mère pour toi.

Urcydie. Cela tombe bien, je ne veux pas de mère.

Inô. Je ne veux pas non plus être une sœur.

Urcydie. Je ne veux plus ni frère ni sœur.

Inô. Je suis ta tante !

Urcydie. Les bacchantes font-elles la différence ?

Inô. Urcydie ! Je vais voir ta mère ! *(Elle sort)*

Urcydie. Inô, où vas-tu ? Reviens ! Cela ne sert à rien ! Elle va te chasser ! Tu vas me laisser seule ! Si tu me laisses seule, ce sera terrible, Inô, ce sera terrible !

ACTE 4 :
L'autel de Bakkhos au Cithéron

Scène 1
Agavé, Inô

(Il fait nuit. Agavé fait une prière à Bakkhos près de l'autel. Elle a posé sa couronne dessus. Non loin, se trouvent des griffes de fer et une amphore de vin pour les sacrifices. Inô arrive.)

Agavé. Inô. Je priai notre dieu pour qu'il te ramène, toi et ma fille. L'as-tu vue ?

Inô. Oui, je l'ai vue. Elle est rentrée au camp.

Agavé. Tant mieux.

Inô. Tu es couronnée.

Agavé. Oui, notre sœur Autonoé a organisé une cérémonie. Aux yeux de tous, je suis la Maîtresse des Bacchantes.

(Inô remarque les griffes de fer près du feu)

Inô. Que font là ces griffes ?

Agavé. Ah, les griffes ? Elles ont été forgées par l'une de nos compagnes. Elle dit que c'est une arme qui convient mieux à la femme. Le glaive est trop viril.

Inô. Elle a raison, j'ai toujours détesté les épées. *(Un temps.)* Tu ne te prépares pas à la guerre ?

Agavé. Non. Mais les bacchantes ont peur.

Inô. Peut-être ont-elles raison.

Agavé. Je ne le crois pas.

(Silence)

Tu veux me dire quelque chose, Inô.

Inô. Oui, mais je ne trouve pas la force.

Agavé. Puises-la en Dionysos.

Inô. Ce qu'il me dit de te dire, tu ne voudras pas l'entendre.

Agavé. Assez de mystère, Inô ! Parle.

Inô. Urcydie a été violée. Penthée est le responsable.

(Silence)

Agavé. Tu parles de viol au sein de ma famille ?

Inô. De notre famille.

Agavé. Toi, tu n'es pas de notre famille.

Inô. Comment peux-tu... ?

Agavé. J'ai vu comment tu regardais ma fille ! C'est toi qui veut abuser d'elle ! Tu accuses Penthée de tes vices !

Inô. Urcydie m'a raconté ce qui s'est passé !

Agavé. Mensonges, pour calomnier son frère !

Inô. Elle m'a dit que tu l'avais crue ! Tu le nies à présent ?

Agavé. Où t'a t-elle raconté cela, sur l'oreiller ?

Inô. Je n'ai rien fait de la sorte avec Urcydie !

Agavé. Si tu ne l'as pas fait, cela ne tardera pas ! Car tu en meurs d'envie ! Tu as lui as donné ton vice !

Inô. Je t'en prie, écoute-moi, Penthée ne peut pas rester roi après ce qu'il a fait, Bakkhos ne le tolérera pas !

Agavé. Tu souilles le nom de notre dieu, langue de serpent ! Pars d'ici, à l'instant, je te bannis, n'approche plus jamais ma fille !

Inô. Si tu n'écoutes pas ta fille, elle fera quelque chose de terrible, Agavé. Insulte-moi, traîne-moi dans la boue tant que tu voudras mais écoute-la, je t'en prie !

Agavé, *saisissant l'une des griffes près du feu.* N'ose plus jamais prononcer son nom !

(Silence, Inô est sous la menace de la griffe)

Pars, Inô. Si tu reviens jamais en ces lieux, crois-moi, je te tuerai. *(Elle sort. Un temps long.)*

Scène 2
Inô, Urcydie

(Urcydie entre et regarde Inô dont le regard s'emplit de larmes.)

Urcydie. Imbécile.

Inô. J'ai tout essayé. J'ai tout subi.

Urcydie. Il ne faut ni essayer ni subir. Il faut faire.

Inô. Et qu'aurais-je pu faire ? Elle a mis sa griffe de fer sous ma gorge !

Urcydie. Une griffe de fer ? Intéressant.

Inô. Que voulais-tu que je fasse ? Je n'allais pas la tuer !

Urcydie. Ma mère est sourde et aveugle. Quand le sang ne répond pas, il faut qu'il coule.

Inô. Tuer ma propre sœur !

Urcydie. À ton premier mouvement, elle n'aurait pas hésité.

Inô. Quand je pense qu'elle m'a exclue de la famille !

Urcydie. Juste ce que j'attendais. *(Elle se rapproche)*

Inô. Tout cela parce que je suis différente !

Urcydie. Moi aussi je suis différente. *(Elle s'approche encore)*

Inô. Urcydie, arrête, elle m'a défendu de t'approcher.

Urcydie. C'est vrai, que fais-tu là ? Va t-en, tu me parles, c'est interdit !

Inô. Urcydie...

Urcydie. De quoi te plains-tu encore ? Tu n'es plus de la famille. *(Elle l'embrasse)*

Inô. Hélas ! Agavé avait raison ! Je suis une incestueuse !

Urcydie. Voilà ce qu'elle condamne, pendant que son fils viole, torture et tue ! Fais-moi mille baisers, brûle ma peau de désir, fais-moi jouir cent fois, tu seras encore loin des crimes de mon frère ! Moi, je t'ai dit oui !

Inô. Urcydie, je t'en prie, je suis confuse, parfois j'oublie ce que je fais, je ne suis plus moi-même !

Urcydie. Surgis, Bakkhos ! *(Elle crie)* Envahis-moi, fais vibrer mon corps de tes tambours !

Inô. Tu vas réveiller le campement, Urcydie !

Urcydie. Viens à moi, Bromios, donne-moi ta puissance ! Vois mes lèvres, humides encore du baiser de ma tante ! *(Elle monte sur l'autel)*

Inô. Urcydie, c'est obscène, je t'en prie ! Tu vas provoquer la colère des dieux, arrête !

Urcydie. Dionysos ! Regarde-moi, roi des satyres ! *(Elle jette sa robe)*

Inô. Ne le provoque pas, pense à Sémélé !

Urcydie. Je ne suis pas Sémélé la faible, Sémélé la soumise ! Je suis la fille de Bakkhos, le grand dieu du désordre !

(Orage)

Inô. Le dieu répond !

Urcydie. Le vin !

Inô. Quoi ?

Urcydie. Inô, le vin, donne-moi l'amphore ! *(Inô le lui donne)* Reçois mon sacrifice, offre-moi ma vengeance !

(Elle se verse toute l'amphore sur elle. Elle rit. L'orage continue)

Inô. Comme tu es belle, Urcydie !

(Percussions bachiques, fin de l'orage.)

ENTRACTE 3 :
Penthée à Thèbes

Scène 1
Penthée, Voix de la foule qui l'acclame

(Il fait jour. La lumière isole à nouveau l'avant-scène. On ne voit plus l'autel. Rumeurs de voix, hurlements de la foule, applaudissements)

Voix dans le public. Penthée ! Penthée ! Penthée !

(Penthée entre triomphant, le glaive à la main. Il fait cesser le bruit d'un geste.)

Penthée. Soldats, je vous le dis : vous aurez vos épouses ! Ma mère nous défie ? Nous allons lui répondre ! Et le sang coulera ! *(Il lève son glaive, la foule l'acclame)* Les meilleurs guerriers grecs iront au Cithéron récupérer leurs femmes ! *(Nouvelle ovation, Penthée réclame le calme)* Oui, nous les avons vues, ces harpies infernales, détruire la prison et repousser nos assauts. Le désespoir les porte, mais surtout, sachez-le, leur libido terrible, qui est un puits sans fond, leur donne cette force. Alors comment triompher d'elles ? Comment tuer ces tigresses ? Comment retrouver notre rang d'hommes ? Il faut les attaquer au milieu de leurs orgies infâmes ! Ces paillardes-là, et ma sœur la première, se jettent sur les hommes pour combler l'appétit de leur monts de Vénus ! Attaquons-les de nuit, au milieu de leur fange, prenons-les par surprise, tandis qu'elles se repaissent des bergers et des chiens ! *(La foule l'acclame)* Leurs corps, trop affaiblis par leurs sales effluves, ne pourra résister ! Aux armes, soldats, transpercez ces bacchantes !

(Grande acclamation, bientôt contrées par les protestations des Bacchantes)

Scène 2
Penthée, Les Bacchantes d'Afrique et d'Asie *puis* Inô

Bacchante 1. Honte à toi, Penthée !

Bacchante 2. Honte au prince de Thèbes qui foule aux pieds Dionysos !

Penthée. Vous êtes encore là, étrangères, vous étiez en prison !

Inô, *paraissant sur la scène, portant le masque de Bakkhos.* Et Bakkhos a brisé son mur, c'était le mois dernier !

Penthée. Tu te moques de moi, Inô, je vais te couper les mains et puis la langue pour t'apprendre à parler !

Bacchante 1. Oui, torture-nous Penthée !

Bacchante 2. Fouette-nous !

Bacchantes 1. Encore, encore, Penthée !

Bacchante 2, *se jetant sur scène.* Le dieu le veut ainsi !

Bacchante 1. Déchire-nous !

Bacchante 2. Fouette-nous, Penthée, envoie tes soldats !

Penthée. Regardez, le vice du bacchant ! Regardez l'horreur ! Est-ce ainsi que vous voulez vos femmes ?

Inô. Envoie tes soldats Penthée, nous les recevrons avec délice !

(Les Bacchantes se roulent au sol, en riant et en faisant des cris obscènes)

Penthée. Ah maudites bacchantes ! D'où vient votre pouvoir ?

Inô. Notre pouvoir provient de Bromios, le rugissant, le bienheureux !

Penthée. Que désire votre dieu ?

Inô. Que le désordre remédie au désordre !

Penthée. Est-ce encore une énigme ?

Inô. Les Bacchantes comprennent et gouvernent.

Penthée. Veut-il ma soumission ? Il ne l'obtiendra pas.

Inô. Il veut l'insoumission, non pas la tyrannie.

Penthée. Et le pouvoir aux femmes ?

Inô. Elles feront bien mieux !

Penthée, *montrant les Bacchantes qui se caressent, boivent, rient et se frappent la poitrine.* Je voudrais bien voir ça ! Ces bestioles d'orgie !

Bacchante 1. Crois-tu qu'elles jouissent, vos femmes, au Cithéron ?

Penthée. Toutes les cinq minutes !

Bacchante 2. Crois-tu qu'elles vous trompent, là-bas ?

Penthée. Dix garçons chaque jour !

Bacchante 1. Les chanceuses ! Nous n'avons pas cela !

Bacchante 2. Un bon vaut mieux que dix mauvais.

Bacchante 1. Si un sur dix est bon, il y en aura un dans le lot !

Bacchante 2. Sinon, ce n'est pas grave, il nous reste les femmes !

Penthée. Horreur, voilà encore l'effet de ce dieu ! Comme je voudrais pouvoir les surprendre et les punir de leurs vices !

Inô. Et pourquoi ne le pourrais-tu pas, Penthée ?

Penthée. Leurs thyrses maudits repoussent nos soldats !

Inô. C'est que tu emploies la force, il faut te montrer plus malin !

Penthée. Et comment donc ?

Inô. Dépose ton épée, et prends une robe !

Penthée. Moi, m'habiller en femme ! *(Il la menace de son épée. Les autres Bacchantes se mettent autour d'elle)* Tu veux me débaucher, serpent ! Tu veux me posséder comme tu possèdes ma tante !

Bacchante 1. Si tu viens en homme, elles te tueront !

Bacchante 2. Tu dois venir en femme !

Bacchante 1. Laisse-nous t'habiller, et tu verras les Bacchantes !

Penthée. Vous me tentez, et vous croyez que je jouerai votre farce ridicule !

Bacchante 2. Tu n'es pas curieux de nos mystères ?

Bacchante 1. Tu connaîtras leurs vices, pour mieux les

condamner !

Bacchante 2. Tu les espionneras pour vérifier tes dires !

Penthée. Hum... pourquoi vous ferais-je confiance ?

Inô. Bakkhos pense que tu te rendras à son culte quand tu verras son œuvre !

Penthée. Qu'il compte là-dessus, ce soi-disant dieu, je ne changerai pas, dussé-je posséder chacune des Bacchantes !

Bacchante 1. Ne change pas, mais viens voir nos mystères !

Bacchante 2. Suis-nous Penthée, et ôte ta tunique !

Bacchante 1. Nous avons tout à faire ! *(Elles le tirent vers la sortie de la scène en essayant de le dévêtir)*

Penthée *(hors scène).* Prenez bien garde à vous, je saurai vos mystères !

Inô, *seule.* Tu les sauras Penthée. Mais celui qui a vu les mystères de Dionysos doit être un bacchant, ou mourir.

ACTE 5 :
Le campement des Bacchantes au Cithéron

(La lumière occupe tout l'espace, l'autel réapparaît. Agavé est en train de nettoyer une des griffes. Urcydie entre.)

Agavé. Ah tu es là, Urcydie, j'ai cru que tu étais...

Urcydie. Partie ? Non, je suis toujours là.

Agavé. Inô nous a trahies. Elle est partie avec plusieurs des nôtres cette nuit.

Urcydie. Les traîtresses à l'élue de Dionysos doivent mourir.

Agavé. Je suis d'accord, Urcydie et j'ai trop longtemps toléré celle-là.

Urcydie. Ces griffes sont pour la guerre ?

Agavé. Pour le gibier mais nous en ferons un autre usage.

Urcydie. Comment se mettent-elles ? *(Elle en saisit une et la met)*

Agavé. Attention, tu vas te blesser. Il te faut des gants pour te protéger, sans cela, en combat, les lames pourraient te couper les veines de la main.

Urcydie. Ne faut-il pas saigner en combat ?

Agavé. Pas inutilement. *(Agavé tient l'autre griffe)*

Urcydie. Elle me plaît bien.

(Elle s'immobilise, regardant au loin)

Agavé. Que se passe t-il ? Que regardes-tu ?

Urcydie. Il est venu, ce scélérat, ce rebut infâme !

Agavé. Qui donc ? De qui parles-tu ?

Urcydie. Penthée ! Il vient nous narguer chez nous, dans ces ridicules habits féminins !

Agavé. *(Les yeux grands ouverts, comme possédée)* Non, Urcydie, c'est un lion !

Urcydie. Un lion ! C'est Penthée, regarde-le !

Agavé. C'est un lion, te dis-je, et il court au milieu des bacchantes, il faut l'arrêter ! *(Elle sort en courant)*

Urcydie. Maman, où vas-tu ? Ô Bakkhos, est-ce une de tes énigmes ? Tu saisis maman et me laisse en liberté, pourquoi ?

Scène 2
Urcydie, Penthée, Agavé, Une bacchante masquée

Penthée. *(Attrapé par Agavé et la bacchante)* Laissez-moi ! Créatures infernales ! Lâchez-moi !

(Il est jeté à terre et maintenu par la bacchante)

Agavé. Ce lion ne blessera personne ! Mais sa chair nous nourrira, dépecez-le !

Penthée. Maman ! Maman, ne me reconnais-tu pas ? Arrêtez ! Maman, arrête-les ! Non, vous en prie, je vous en supplie !

(Il hurle, tandis que les Bacchantes se jettent sur lui. Il voit alors Urcydie qui le regarde)

Urcydie ! Ma sœur, ma chère sœur ! Dis leur d'arrêter !

Urcydie. C'était cela ! Tu veux savoir mon choix, Bakkhos ! Le voici ! La vengeance !

(Les Bacchantes commencent à l'entailler, puis elles arrachent ses membres, l'un après l'autre. Urcydie se détourne, laissant faire)

Penthée. Urcydie ! Urcydie !

(Il hurle encore tandis qu'on le dépèce. Urcydie vient en avant-scène, sa respiration augmente, un sentiment d'excitation, de joie et de toute-puissance l'envahit. Elle pose ses deux mains sur ses cuisses et serre sa chair brutalement, son bassin chargé d'une énergie terrible qui semble donner des coups, au rythme des mâchoires des Bacchantes. Tandis qu'on entend plus Penthée, elle rit, emplie d'une joie revancharde.)

Urcydie. Merci, Bakkhos ! Merci !

(La scène s'assombrit)

Scène 3
Deux bacchantes masquées

(Percussions lentes. Une lumière isole deux bacchantes masquées.)

Bacchante 1. Penthée est mort.

Bacchante 2. L'ennemie de Bakkhos n'est plus.

Bacchante 1. Agavé croit avoir tué un lion !

Bacchante 2. Elle promène la tête de son fils dans tout Thèbes !

Bacchante 1. Infortunée mère !

Bacchante 2. Elle parle à son père !

Bacchante 1. Que dit-elle ?

Bacchante 2. Elle lui offre un trophée de chasse et le garde d'Inô, la traîtresse.

Bacchante 1. Que répond t-il ?

Bacchante 2. Malheureuse, c'est la tête de ton fils que tu m'offres !

Bacchante 1. Mon fils ! (*Hurlement de douleur. Elle ôte le masque. Lumière sur tout le plateau.*)

Scène 4
Agavé, Une bacchante masquée

Agavé, *s'effondrant devant l'autel.* Le sang de Penthée ! Répandu, dans mon sanctuaire ! Ô dieu cruel ! Tu ne connais pas la justice ! J'ai fait ce que tu m'as demandé ! Pourquoi me punir si cruellement, Bakkhos ? Pourquoi me faire tuer mon fils ? Je t'ai écouté, je t'ai obéi !

(La bacchante 2 ôte son masque, c'est Urcydie.)

Urcydie. Et c'est là ton offense, maman. *(Agavé relève la tête, les yeux emplis de larmes.)* Bakkhos nous incite à braver l'interdit, à lui tenir tête, à accomplir nous-mêmes notre destin. Tu n'as fait que t'en remettre à lui, comme tu l'as fait avec Penthée, et avec l'époux de Sémélé ! Et c'est pourquoi Bakkhos t'a affligée, toi, et toi seule.

Agavé. Comment, Urcydie ? Ta partie est égale ! Il t'a ôté ton frère, en se servant de ton bras !

Urcydie. J'eusse aimé qu'il mourût par mon bras. Mais j'étais seule à n'y pas prendre part.

Agavé. Quoi, tu étais donc consciente ? Et tu as échoué à le sauver ?

Urcydie. J'étais consciente, mais je n'ai rien fait.

Agavé. Ah sauvage, ah barbare ! Tu as voué ton frère à cette mort atroce ! Tu n'as rien fait !

Urcydie. Je crois que toi non plus tu n'as rien fait quand il m'a violée. *(Agavé fond en larmes)* Oui tu peux pleurer, maman, car ton crime envers moi est mille fois plus grand qu'envers ton fils. Bakkhos est son vrai assassin et toi son instrument. Mais quand tu m'as abandonnée, il n'y était pour rien. Mais Penthée, lui, a droit à des larmes et moi juste au silence. C'est ainsi que se conduit une mère indigne et un mauvais souverain.

Scène 5
Agavé, Urcydie, Inô

(Inô entre, tenant le thyrse)

Agavé. Voilà la traîtresse, tenant mon thyrse ! Sois satisfaite Inô, regarde ce que tu as causé ! Tu as détruit ta famille ! J'irai aux enfers retrouver mon fils, mais tu viendras avec nous ! *(Elle s'élance, sa griffe à la main, vers Inô qui se laisse faire, fermant les yeux. Mais Urcydie l'arrête avec sa propre griffe)*

Urcydie. Je ne crois pas, non.

Agavé. Tu protèges la traîtresse ?

Urcydie. Je protège ma femme.

Agavé. Ta femme... *(sourire d'Urcydie)* Infâme... féroce bacchante. Tu as tout d'elle à présent, tu n'as plus rien de moi.

Urcydie. Bakkhos parlait par sa bouche, tu n'étais qu'un pantin.

Agavé. C'en est fait, je renonce à ce dieu de malheur, il n'a apporté que le sang et la mort ! *(Elle ôte sa couronne et la pose sur l'autel)*

Inô. Tu profanes Bakkhos, et devant son autel. Mais tu as envoyé sa mère, Sémélé, à la mort.

Agavé. Silence, incestueuse !

Inô et Bakkhos. Tu peux faire taire ta sœur ! Mais le dieu, s'il veut, parlera.

Scène 6
Agavé, Urcydie, Inô, Bakkhos

(Bakkhos apparaît derrière Inô et se détache d'elle tandis qu'elle reste immobile, les yeux grands ouverts)

Agavé. Bakkhos !

Bakkhos. Oui, tu l'as bien nommé, Agavé.
J'ai fait tuer ce tyran sans remords.
Mais il faut pour maman plus encore !
À présent mon Inô se réveille !

Inô. *(clignant des yeux, retrouvant sa conscience)* Hélas ! Qu'ai-je fait ?

Bakkhos. J'ai ouvert, déchaîné tes penchants,
Tes désirs se changeaient en torrents
Violence, jalousie, inceste,
Désormais, sont tout ce qu'il te reste.

Inô. Pardon, Bakkhos, pardon pour Sémélé !

Agavé. Pardon pour Sémélé !

Bakkhos. Ton tourment sera assez pour elle,
Pour ta fille en revanche, c'est à elle
D'en décider. Souvenez-vous de moi.
Le prince des masques, adieu ! *(Il sort)*

Scène 7
Agavé, Urcydie, Inô

Agavé. Ô Bakkhos, tu alourdis ma peine ! Tu me prends mon fils et me laisse à ma fille !

Urcydie. Autre crime, autre châtiment. Le mien sera ton exil.

Agavé. Sans avoir enterré Penthée selon les rites ?

Urcydie. Ses restes nourriront les corbeaux. Quant à toi, si tu pars assez vite, je te laisse la vie sauve.

(Agavé va déposer sa griffe sur l'autel)

Agavé. Tu m'affronterais désarmée ?

Urcydie. Je n'ai pas besoin d'arme. *(Elle dépose sa propre griffe au même endroit.)* Pars. Je te laisse dix secondes. *(Agavé reste immobile et regarde sa fille)* Dix, neuf, huit...

Agavé. Je ne bougerai pas.

Urcydie. Jamais de courage, mais une pointe de témérité.

Sept, six, cinq, quatre...

Agavé. Je ne partirai pas.

Urcydie. C'est dommage. Trois, deux, un... zéro.

(Elle se jette sur Agavé avec une violence terrible. Il s'ensuit un combat au sol où coups de poing au visage et morsures ne sont pas épargnées. Dans un premier temps, Urcydie maîtrisée sur le sol, le bras d'Agavé lui bloquant le sternum, la respiration d'Urcydie accélère. Finalement elle hurle et renverse sa mère avec une puissance jusqu'ici non révélée, de tout son poids elle la maintient à terre et lui tient le cou)

Agavé. Tu as tué mon fils...

Urcydie. Encore ton fils ? *(Elle commence à serrer très fort, Agavé n'a plus de souffle et suffoque)*

Agavé. Pitié...aie pitié...

Urcydie. De la pitié ? Est-ce que tu en as eu pour moi ? *(Elle hurle)* Est-ce que tu en as eu pour moi ?

(Elle secoue et serre toujours. Agavé meurt. Urcydie pose ses deux doigts sur son cou ; constatant sa mort, elle se relève. Elle va chercher la couronne sur l'autel et la place sur sa tête. Elle prend ensuite les griffes et les met puis monte sur l'autel. Inô, en larmes, la regarde.)

Ploieras-tu le genou, Inô ?

(Inô regarde Agavé morte. On sent qu'elle a réellement peur. Elle finit par s'avancer et s'agenouiller devant Urcydie qui se tourne vers le public. La lumière l'isole)

ÉPILOGUE

Urcydie. J'ai choisi d'être seule et le suis à présent,
Mon nom est le linceul qu'attendaient mes parents.
Bakkhos m'a révélée mais c'était mon destin
Je me suis rebellée, elle était son pantin.
Mon peuple désormais n'obéira qu'à moi,
Ne passera jamais sous une tierce loi.
Même si mon armée dans les combats excelle,
Ma seule renommée sera universelle,
On me vénérera ainsi qu'une déesse
Ou bien l'on subira ma foudre vengeresse.
Seule je conduirai toutes mes combattantes
Tandis que je serai Maîtresse des Bacchantes.

Episode 2 :

ORPHÉE

ET LES BACCHANTES

à Delphine Thelliez, je dédie cet ouvrage qui permit notre rencontre

« J'aime le souvenir de ces époques nues, dont Phoebus se plaisait à dorer les statues, alors l'homme et la femme en leur agilité jouissaient sans mensonge et sans anxiété, et le ciel amoureux leur caressant l'échine, exerçait la santé de leur noble machine. »

C. BAUDELAIRE

PERSONNAGES

	Acteur titulaire du rôle
ORPHÉE, *poète de Thrace*	Jean-Baptiste Sieuw
EURYDICE, *cueilleuse*	Delphine Thelliez
URCYDIE, *maîtresse des bacchantes*	Sofia Kerezidou
SAPPHÔ, *poétesse de Mytilène*	Delphine Thelliez
INÔ, *bacchante, bras droit d'Urcydie*	Marion Ettviller
APHRODITE, *déesse de la beauté et de l'amour*	Julia Huber
RÉGLIS, *bacchante*	Julia Huber
HIPPOLYTE, *bacchante*	Monica Tracke
MIKA, *compagne de Sapphô*	Alice Giraud
CHARON, *passeur des Enfers*	Pierre Sacquet
LES TROIS OMBRES, *issues du Styx*	*(rôles cumulés)*

Attributs des personnages

Dans la mise en scène originale, chaque personnage possède un attribut.

Hippolyte : Un ceinturon où elle attache un couteau.

Réglis : Peinture de guerre

Inô : une couronne de Vignes

Sapphô : Une lyre

Orphée : Une lyre et une couronne de lierre

Aphrodite : Nue avec des bijoux et des voiles de mousseline transparents

Eurydice : Couronne de fleurs

Urcydie : Griffes de fer, couronne de Dionysos

Les ombres : Formes corporelles, nues ou peintes, ou vaporeuses.

PROLOGUE 1

SAPPHÔ, ORPHÉE

Sapphô paraît avec sa lyre. Orphée est assis au centre de la scène.

Sapphô

Vous qui avez pris place,
Écoutez-moi conter
Le poète de Thrace,
Le malheureux Orphée.

Vivant dans la forêt
Parlant à la nature,
Les passants le trouvaient
En cherchant aventure.

Mais lorsque les bacchantes
Investirent sa terre,
Il en vainquit quarante
En contrôlant le lierre.

Ne pouvant plus chasser
Ni piller les villages
Leur cheffe dut acter
Qu'on réparât l'outrage.

« Oui je vous soumettrai
À un jeûne infernal !
Fini les beaux banquets
Finies les bacchanales !

Tant qu'il peut respirer,
Vous ne mangerez rien,
Ou nous tuerons Orphée
Ou nous mourrons de faim. »

C'est ainsi que commence
Au creux de la forêt
L'ultime discordance
La lyre et le coup'ret.
(Sapphô disparaît)

Orphée. Durant trois décennies, depuis que je suis jeune,
j'ai chanté sous ce saule où la vaste forêt, se levant d'un
seul geste, venait pour m'écouter. La nature et la terre, plus
sages que les hommes, conservent la mémoire des héros et
des dieux, prêtant à leurs enfants une oreille attentive.

J'ai vu les animaux aux multiples oreilles me rejoindre en
ces lieux, curieux de mes histoires ; et pour beaucoup
d'entre eux, je les reconnaissais ; mais j'en découvrais
d'autres, des oiseaux colorés, qui semblaient venir d'Inde
où mon père est allé, accompagnant Bakkhos pendant son
long voyage.

J'ai été initié aux mystères bachiques, et l'on m'a envoyé
faire face aux bacchantes lorsque pleines de rage, elles
tuaient les troupeaux pour prendre les carcasses ; cette lyre
magique, que j'ai reçue des mains du céleste Apollon,
pouvait les émouvoir et calmer leur furie.

J'ai conté des amours heureuses et malheureuses,

conseillé, écouté des garçons et des filles, mais sur moi n'ai rien dit. Car il n'y a rien à dire. Ai-je jamais aimé ? Probablement jamais. Aimerais-je plus tard ? Non, je n'aimerai pas ; car la femme que j'aime n'existe qu'en mon rêve.

ACTE 1
Sous le saule d'Orphée

Scène 1
ORPHÉE, HIPPOLYTE, RÉGLIS

(Orphée est assis avec sa lyre. Réglis et Hippolyte entrent, à distance du poète, ce dernier ne réagit pas à leur présence.)

Réglis. Regarde Hippolyte, n'est-ce pas Orphée là-bas ? Le poète le plus connu de toute la Grèce, celui qui refuse toutes les femmes, qui ne veut ni épouse ni maîtresse ?

Hippolyte. C'est lui-même, Réglis.

Réglis. Il est fils d'une muse et sa lyre est un cadeau d'Apollon... posséder un tel homme, c'est s'approcher des dieux. Foi de bacchante, il faut qu'il me cède !

Hippolyte. Pourtant c'est à moi qu'il cédera !

Réglis*, l'arrêtant.* Je te défends de l'approcher, il est ma proie, et je suis une Ménade !

Hippolyte. J'en suis une au même titre que toi !

Elles commencent à se battre.

Scène 2
ORPHÉE, HIPPOLYTE, RÉGLIS, URCYDIE, INÔ

Entre Urcydie, la maîtresse des Bacchantes, suivie de sa commandente en second, Inô ; en les voyant qui s'arrêtent à leur niveau, les deux belligérantes cessent.

Urcydie. Quoi, je vois se battre deux de mes meilleures

lionnes ? Je vous crois à la chasse pour nourrir nos guerrières, qui manquent tant de viande, et je vous trouve ici, vous querellant comme des jouvencelles ? Le sujet doit être d'importance. Du moins je l'espère pour vous.

(Inô, derrière elle, fronce les sourcils en regardant les fautives)

Hippolyte. Nous arpentions la forêt lorsque nous avons vu le chantre de Thrace, celui qui cause notre famine en nous empêchant d'approcher les troupeaux.

Réglis. Sa voix maléfique arrache des larmes à nos plus fières combattantes !

Urcydie. Vous vouliez donc le tuer ?

Réglis. C'est bien cela !

Urcydie. Pourtant vous vous battiez. Pourquoi ?

Hippolyte. Je ne sais pour Réglis, mais quant à moi, je voulais jouir de lui, et Réglis me disputait ce plaisir.

Inô. Tu sais que tant qu'Orphée nous empêchera d'attaquer le bétail, la chair est prohibée ? Tu le sais, n'est-ce pas, Hippolyte ?

Urcydie. Bien sûr qu'elle le sait. *(Hippolyte baisse la tête. Urcydie se tourne vers Réglis)*

Réglis. Quant à moi, je l'aurais tué aussitôt satisfaite ! *(Inô prend un air légèrement inquiet)*

Urcydie. *(attrapant au cou les deux fautives)* Un poète protégé par les dieux affame nos bacchantes par le seul pouvoir de sa voix, et vous vouliez l'approcher seules, et sans me consulter. Quoi d'étonnant à ce que les nôtres meurent de faim si les meilleures d'entre nous agissent avec tant de bêtise ?

Hippolyte. Mais à quoi bon survivre sans nourriture ni plaisir ? Sommes-nous des bacchantes ?

Réglis. Mettons-le en pièces comme ton frère, et nous mangerons les restes !

Urcydie. Sans la faveur des dieux, vous serez repoussées. Mais puisque vous voilà si hardies, vous méritez votre humiliation. Montrez-moi donc, l'une et l'autre, comme vous jouissez de lui.

Réglis. J'irai la première !

Hippolyte. Et moi la seconde, je ne crains pas qu'elle réussisse ! *(Réglis lui lance un regard noir)*

Inô. Urcydie...

Urcydie. Laisse-les faire Inô. Peut-être bien qu'Orphée ne se défendra pas.

Inô. S'il cède, il a tout mon mépris.

(Réglis s'approche d'Orphée, à la façon d'un ours)

Réglis. Orphée, viens-tu ici chercher l'inspiration ? Si c'est le cas, tu as tout ce qu'il te faut.

Orphée. Que fais-tu là, Réglis ?

Réglis. Rien que de très banal, poète de mon cœur, je m'en vais ensemencer mes champs avec le meilleur grain.

Orphée. Alors ce n'est pas celui-là qu'il te faut.

Réglis. J'ai pourtant lieu de croire qu'il y aurait grand plaisir.

Orphée. Et grand malheur pour nous deux car je ne peux t'aimer.

Réglis. S'agit-il vraiment d'aimer ?

Orphée. Je ne veux pas. Cela devrait suffire.

Réglis. Et cela me suffit bien à moi ! *(elle regarde, furieuse, en direction d'Hippolyte)* Je te laisse, poète de mon cœur, mais je suis là, dans la forêt, et si tu viens à devenir mon gibier, mets-toi à courir nu par ici ! Je surgirai des bosquets pour mordre dans ton grand corps ! *(Elle revient près des deux autres)*

Urcydie. Tu es faible et sans confiance, Réglis. Tu as besoin qu'on te caresse pour attaquer. Ne me tiens plus jamais tête. Hippolyte, à ton tour.

(Hippolyte s'approche d'Orphée, à la façon d'un serpent)

Hippolyte. Félicitations Orphée, de l'avoir fait partir. D'ordinaire, elle ne s'arrête pas tant qu'elle n'a pas consommé.

Orphée. Je n'y suis pour rien, car le doute est en elle. Elle agit pour se rassurer, rien de plus.

Hippolyte. On m'a dit que les dieux te protégeaient. Est-ce la vérité ?

Orphée. Comment le saurais-je ? Je ne peux qu'espérer.

Hippolyte. Souvent je viens t'écouter, à quelques pas du saule, conter toutes ces amours... comment n'y as-tu jamais succombé, toi qui aime tant les décrire ?

Orphée. Je suis insensible au charme d'Aphrodite.

Hippolyte *(lui prenant la main).* Vraiment ?

Orphée. Vraiment.

Hippolyte. Et si je t'embrassais, maintenant, cela ne te ferait rien ?

Orphée. Rien du tout, Hippolyte.

Hippolyte. Voyons cela alors. *(Elle l'embrasse, pendant ce temps, au loin, Réglis laisse échapper un grognement de colère mais Urcydie reste comme concentrée.)*

(Hippolyte regarde Orphée sans voir de changement sur son visage.)

Hippolyte, *avec impatience et frustration.* Eh bien ?

Orphée. Je t'avais prévenue, Hippolyte. *(Orphée se relève)* Pourquoi ne pas me croire quand je te dis que c'est impossible ?

(Hippolyte, furieuse, se lève aussi et regarde en direction d'Inô, Urcydie se tourne vers Inô aussi et Inô esquisse un sourire)

Inô. Orphée, tu n'as qu'à les prendre toutes les deux. *(Elle regarde en direction de Réglis, qui semble protester, mais sur un geste de tête d'Urcydie, finit par rejoindre Orphée et Hippolyte. En arrivant, elle pose sa main sur Orphée. Inô poursuit)* Et si tu as abusé de tout, que leur équipe de chaudes âmes te remettent sur pied.

(Orphée les repousse doucement toutes deux. Elles semblent désarçonnées.)

Urcydie, *bas à Inô.* Imbécile. *(Inô baisse la tête, agacée de cette insulte et fonce vers Orphée, les deux autres bacchantes s'écartent.)*

Inô. Et tu oses prétendre avoir été initié aux mystères de Bakkhos ?

Orphée. Bakkhos nous apprend à choisir, Inô. Pas à nous charger de regrets.

(Il s'éloigne. Les deux autres bacchantes sortent en ricanant sur le dos d'Inô. Celle-ci reste immobile au centre de la scène)

Urcydie. Bravo Inô, tu as réussi à me mettre en appétit.

Inô. Avec ce cœur de pierre ? Je te souhaite bien du plaisir.

Urcydie. Ou je l'aurai ou personne ne l'aura. *(Urcydie regarde vers Orphée d'Orphée, Inô demeure sur scène)* Va t-en, Inô. *(À contrecoeur, Inô quitte la scène)*

Scène 3
ORPHÉE, URCYDIE

Orphée. Tu es Urcydie, la maîtresse des bacchantes.

Urcydie. Et toi Orphée, fils de Calliope, qui ignore Aphrodite. Mais je te comprends pour Inô, son attachement est insupportable.

Orphée. Pour toi sans doute, car elle t'aime. Mais tu n'es pas digne de son amour.

Urcydie. Non, je ne suis digne que d'un messager des dieux, tel que toi. L'un comme l'autre, nous sommes des légendes. Unissons-nous, Orphée, chantre de Thrace, et répandons les mystères de Dionysos, que nous servons tous deux.

Orphée. Je l'ai dit à Inô, je ne peux éprouver l'amour, pas plus que je ne puis chasser ou faire la guerre parmi vous.

Urcydie. N'étais-tu pas, Orphée, parmi les Argonautes, pourchassant la Toison d'or avec Jason ? N'as-tu pas protégé ces hommes des sirènes aux griffes acérées grâce au pouvoir de ta lyre ? N'as-tu pas mis en déroute mes guerrières en usant de ta voix ?

Orphée. Ma voix ne peut toucher que ceux qui doutent ; qui est sûr d'être juste sera poussé par mes mots, et non pas arrêté.

Urcydie. Tu refuses donc la maîtresse des Bacchantes, choisie par Dionysos ?

Orphée. Oui je la refuse, car je ne puis aimer, et je ne puis mentir.

Urcydie. L'amour est blessure mortelle, si tu viens à le connaître, ma griffe déchirera ton être et répandra le sang. Cependant, si ta résolution dure, je m'inclinerai face à mon vainqueur ; car j'ai aimé, pour mon malheur, jusqu'à m'ôter mon âme. Tiens seulement ta résolution, et je te laisserai en paix.

Orphée. Je n'ai rien à tenir, ne pouvant pas aimer, mais si je le pouvais, la peur ne m'arrêterait pas. Cette même peur est celle qui te nourrit et celle qui te dévore. Déchire donc, tu agrandiras ta plaie.

Urcydie. Adieu Orphée, n'oublie pas ce que je t'ai dit. Si tu baisses ta garde, je frapperai. *(Elle sort)*

ACTE 2
Monde des rêves

Scène 1
ORPHÉE, SAPPHÔ

(Sapphô apparaît derrière Orphée, sa lyre à la main)

Sapphô. Tu as refusé la maîtresse des Bacchantes ? Tu es courageux. Elle a tué sa mère, laissé mourir son frère, décimé des villages entiers. Où puises-tu cette force Orphée ?

Orphée. Les passions m'ont quitté et la mort m'indiffère.

Sapphô. Même la mort ?

Orphée. Pour le poète, la mort n'existe pas.

Sapphô. Et l'Amour, Orphée ? Existe t-il ?

Orphée. Pas pour moi.

Sapphô. Tu n'as jamais aimé ?

STANCES D'ORPHÉE N°1

Orphée. Jamais je n'ai connu l'attente sans espoir.
Jamais je n'ai perçu dans l'autre mon miroir.
Jamais je n'ai senti l'indomptable blessure,
Ni du cœur inquiet enduré la brisure.

Jamais je n'ai d'une âme effleuré la naissance.
Jamais je n'ai rêvé de sentir sa présence.
Jamais je n'ai tremblé pour de tendres aveux,
Ni ne me suis perdu dans l'azur de ses yeux.

J'ai des flèches d'Amour su garder ma poitrine,
Renoncé à la rose, évité les épines,
Pour toujours sous les cieux vivre selon ma loi,
Laisser la poésie faire toute ma joie
Écrire dans ma vie des chansons éternelles
Pour rejoindre en mourant les âmes immortelles.

Sapphô. Après avoir défié Urcydie, tu défies Aphrodite ? Ne nourris pas l'espoir de lui résister. Qui refuse d'aimer n'en aimera que plus fort.

Orphée. Mais mon cœur est fermé, que pourrait-elle y faire ?

Sapphô. La déesse de l'amour est orgueilleuse, c'est une reine nue, brillant de mille feux, que le choix de Pâris fit déesse des déesses ! Nul mortel, nul dieu n'échappe à l'Amour ! Tu dois voir Aphrodite, celle qui sur un trône aux mille couleurs voit tout et entend tout des choses de l'amour ! Il te faut la voir ! *(Elle se lève et s'éloigne de l'arbre, Orphée va s'assoir en bord de scène, on voit Sapphô ensuite arriver au centre de la scène.)*

Scène 2
ORPHÉE (en bord de scène), SAPPHÔ

PRIÈRE DE SAPPHÔ

Sapphô. Ô divine Aphrodite, entends ma plainte ardente,
Brise ton ammonite, apparais, ruisselante,
Sur les flots lazulite, avance triomphante.
Reine aux mille couleurs, écoute ce blâmé,
Qui fait mille douleurs à un coeur bien-aimé,

71

Pose sur sa pâleur ton regard enflammé,
Toi pour qui la passion ne déclare aucun blâme,
Qu'un écrit polisson fait effet sur ton âme,
Repêche ce poisson qui rêve d'une femme,
Plonge en lui, dans son eau, sois de ces visiteuses,
Qui mettent sur le dos les pucelles précieuses,
Au moyen d'un rondeau aux formes délicieuses.
Nage tant qu'il acquiesce et dépose, ô doriade,
Ta couronne de liesse sur sa tête malade ;
Comme oncle aima sa nièce et femme sa tribade,
Même à l'amour malsain, son coeur tout en attente
Cédera sous ton sein. Sous la caresse lente
De tes doigts assassins va s'ouvrir une fente.
Cet abîme infernal, délicieuse blessure
Sera ouverte au mal comme une flétrissure
Où bientôt le plaisir versera son eau pure.
N'attends pas pour aimer, ces envies délictueuses
Ne pourront que t'armer contre les vicieuses
Qui veulent t'animer de pensées licencieuses.
Ô Aphrodite aimante, sois sensible à mon charme
Car je suis ta servante et mes mots sont une arme
Pour ta cause excellente, ô, embrasse mes larmes.

Scène 3
ORPHÉE, SAPPHÔ, APHRODITE

DANSE D'APHRODITE

À ces mots, la déesse de l'Amour, Aphrodite, apparaît au fond de la scène. Elle est habillée de voiles blancs

transparents et exécute une danse de l'amour. Il y a
comme une attente dans le regard d'Orphée, comme un
enfant qui regarde le ciel pour y retrouver un nuage
particulier. La danse d'Aphrodite raconte toutes les
formes d'amour, de la plus modeste à la plus sauvage.
Sapphô est en prière et la déesse, à la fin de sa danse,
vient l'embrasser sur l'oeil.

Aphrodite. Tu m'as appelée, poétesse. Je suis là, quel est
ton désir ? Tu sais que je l'accomplirai. Que pourrais-je te
refuser, à toi, Sapphô, qui me fit découvrir ces plaisirs si
secrets dont je frémis encore ? Sans tes chants, je les
ignorerais, il seraient restés dans l'ombre des chauds
foyers du gynécée. Parle, et je ferai ton bonheur.

Sapphô. Toute-puissante et splendide déesse, si je t'ai
invoquée aujourd'hui, c'est pour mon cher ami Orphée. Tu
le vois, lourd de sa mélancolie, assis parmi ces arbres. Son
malheur est extrême car il refuse, une à une, les
prétendantes qui s'offrent à lui. Je ne sais ce qu'il cherche
et lui-même a peine à me décrire la perfection à laquelle il
aspire. Pourrais-tu le guérir, le ramener à l'amour ?

Aphrodite. Je le ferai. L'amour et l'immortalité
s'accommodent mal l'une de l'autre, et cependant, tu les
voies réunies en moi. *(elle fait signe à Sapphô de sortir)*

Scène 4
ORPHÉE, APHRODITE

Aphrodite. Orphée, ne cherche pas l'éternel dans

l'exaltation des corps, ce frisson périssable de votre espèce qui trouve son délice dans son commencement comme dans son achèvement. L'amour éternel n'est que dans la poésie.

Orphée. Alors que ma chair, à la poésie, soit sacrifiée.

Aphrodite. Il en sera ainsi, car tel est ton destin. En attendant, tu rencontreras une femme qui te fera voir l'amour tel qu'il t'est à présent odieux. Cependant tu l'aimeras, car telle est ma volonté et telle est la volonté du coeur des hommes, nés pour se reproduire et non pour durer. Cette idole de chair, un jour, te demandera de choisir entre la lumière et l'ombre. En choisissant la lumière, tu deviendras mon égal, en choisissant l'ombre, tu prendras le chemin de l'humanité et de la mort.

Orphée. Je choisis la lumière.

Aphrodite. C'est parce qu'elle t'éclaire. Dès que j'aurais disparu et que des bras chauds et fragiles viendront se glisser au creux de tes épaules, tumultueux Orphée... *(elle l'embrasse presque, comme lui prenant son âme)* tu seras attiré par l'abîme où rugissent les titans. Alors que toute transgression soit permise, et que la perversion, en jouant avec le monde, le rende supportable aux mortels qui le peuplent.

Orphée. Si lointaine est la mort...

Aphrodite. Qu'il te faut jouir de ton avance. Adieu.

(La déesse, au son cristallin des instruments, disparaît.)

Scène 5
ORPHÉE, SAPPHÔ, MIKA

Orphée. Adieu... *(il touche un instant sa lèvre)* Que sens-je ? Serait-ce quelque sortilège pour m'imposer d'aimer ? En regardant ses yeux, je n'ai vu que la beauté, et le désir, mais pas l'amour.

(Sapphô apparaît sous l'arbre, allongée la tête sur ses genoux se trouve sa tendre amie Mika.)

Sapphô. L'amour que tu cherches est celui qui viendra.

Orphée. Je n'en cherche aucun pourtant.

Sapphô. Ton esprit le cherche, en poursuivant l'idéal. *(Elle caresse la tête de Mika)* Un regard t'a ému, un jour, c'est certain. Tu l'as simplement oublié.

Orphée. Oublié... ?

(Mika se redresse et regarde Sapphô)

Sapphô. Il arrive qu'on oublie. *(Elle embrasse Mika et disparaît)*

Scène 6
ORPHÉE, EURYDICE

DANSE D'EURYDICE

(Une douce musique débute alors que la nuit est tombée. La dryade Eurydice entre en dansant, elle est invisible aux yeux d'Orphée.)

Orphée. Je me souviens maintenant qu'une fois, au jardin des Hespérides, tandis que je m'étais éloigné de mes amis, les Argonautes, j'ai aperçu, imprimée dans un arbre, une forme humaine. Saisi de sa beauté, je me suis approché, m'attendant à voir quelque fée ou quelque nymphe. C'est alors qu'elle a ouvert son œil bleu. Je ne pouvais plus la quitter des yeux. Et lorsque les Hespérides sont arrivées, bruyantes et fières, la forme a disparu et je n'ai pu distinguer son visage. J'y pense parfois quand je chante sous le saule. Je m'imagine tremblant, n'osant pas l'approcher. Troublé, j'ai demandé son nom à l'arbre, et quand j'ai fermé les yeux, ma plume a tracé ce nom... Eurydice.

(En entendant son nom, Eurydice sursaute et devient visible, voyant qu'Orphée se tourne vers elle, elle court se cacher. Orphée fait de même, derrière les branches du saule pleureur. Puis, il sort un peu la tête pour voir où est la danseuse qu'il a vue. Alors qu'elle sortait elle-même sa cachette, Eurydice croise de nouveau son regard et se cache à nouveau, Orphée fait de même, puis s'éloigne un peu, le regard tourné vers le ciel)

Orphée.

Ô puissante Aphrodite, est-ce ma destinée ?
Entrevoir un regard et aussitôt l'aimer ?
Mais quel est ton pouvoir quand l'inconnue d'hier
Peut renverser mon âme et transpercer ma chair ?
L'auteur cède à l'amant, et ce sans jalousie
Car l'amour était là avant la poésie.

Eurydice.

Mon masque, c'est la nuit.

Sais-je ce que je fuis ?
Mais quelqu'un me regarde,
Me voit parmi les arbres.
C'est pourtant impossible,
Car je suis invisible.
Je suis lune nouvelle.
Mais que dit-il ?

Orphée. C'est elle !

(Eurydice, tout en dansant, s'approche peu à peu d'Orphée, elle s'amuse dans sa danse à lui donner des doutes sur le fait qu'elle ne soit peut-être qu'un rêve. Elle s'approche et s'évapore, de temps en temps ramasse une fougère. Ils s'approchent, se découvrent, se craignent d'abord. Puis se comprennent. Ils jouent, ils s'amusent. Ils se touchent une première fois. Eurydice, effrayée, veut fuir. Mais Orphée, faisant seulement un geste vers elle pour la retenir, la voit finalement se retourner. Elle s'approche, lui touche la main. Ils se regardent. L'un caresse l'autre au visage. Puis le second fait de même. Ils se sont reconnus. Ils finissent dans les bras l'un de l'autre. La nuit devient de plus en plus sombre jusqu'à ce qu'on ne les voit plus.)

Eurydice. J'ai envie de m'allonger à côté de toi.

Orphée. Pourquoi ne le fais-tu pas ?

Eurydice. J'aurais peur de m'endormir.

Orphée. Ce serait doux, ce serait charmant.

Eurydice. Mais je ne veux pas.

Orphée. Pourquoi ?

Eurydice. Parce que quand je dors, tu es avec moi, mais je ne suis pas avec toi. Ou alors, donne-moi de la poussière de rêve, un rêve dans lequel tu es, pour que je ne sois pas en reste. Reste, reste.

(Ils restent enlacés tandis que le jour revient et que Sapphô raconte)

PROLOGUE 2

SAPPHÔ

Et c'est ainsi qu'Orphée
Par une nuit sans lune,
Découvre cette fée,
Signe de sa fortune ;
Il en tombe amoureux
Comme on peut s'en douter,
Et se trouvant heureux
Demande à l'épouser.
La dryade Eurydice,
Qui l'aime éperdument
Dans un clin d'oeil complice
Accepte innocemment.
On fait partout l'annonce,
La foule se réjouit,
Le poète renonce
Au célibat pour lui !
Mais des voix dissonantes
Résonnent en silence
Dans les cœurs des bacchantes
Dont l'habile insistance
N'avait rien obtenu.
Puis leur cheffe surtout,
Beauté très reconnue,
En conçut du dégoût ;
Et sa fierté de femme
Qui était inflexible
Laissait dedans son âme
Une rancoeur terrible.

ACTE 3
La forêt

Scène 1
URCYDIE, (ORPHÉE, EURYDICE)

(Fin de nuit. Orphée et Eurydice dorment dans la forêt, enlacés. Urcydie, qui est entrée pendant les dernières paroles du prologue, les observe puis s'approche doucement d'eux. Progressivement, elle ira jusqu'à s'accroupir tout près.)

Urcydie. Ainsi tu m'as trahie, homme ingrat, abject,
Prince à portée de main sommet de mes conquêtes.
Toi qui pris de la femme un pouvoir enchanteur,
Moi qui tenait de l'homme la dominante ardeur,
Assemblés nous eussions transcendé l'être humain
Et des portes d'Olympe brisé les faibles joints.
Comme ton souffle est chaud, tout près de son oreille !
Comme vous êtes beaux, prisonniers du sommeil !
Si je voulais pourtant... je pourrais t'embrasser
Mais un baiser pour moi, ce n'est jamais assez,
Il faudrait que tu sois, chaque instant de ta vie
Soumis à mes caprices, soumis à mes envies,
Et mon ventre brûlant, nourri de vitriol
Tranché, scindé, percé, fendu par un viol,
Te prendrait de ta chair un complet quartier
Faisant du gras morceau un festin entier,
Et ta pauvre Eurydice, aussi faible que l'air
N'aurait pas le bonheur de servir de dessert.
Qu'ils sont bien enlacés, ces deux corps si paisibles
Si sûrs qu'ils sont d'avoir une âme indivisible !

Le voici donc, Orphée le poète éternel,
Amoureux d'Eurydice, la semi-immortelle !
Tu as scellé le sort de cet être magique,
En écrivant son nom sur ton livre tragique.
Un flot de sang sans fin s'enfuira de son corps
Quand je la jetterai au royaume des morts !
Tu as contre Urcydie préféré l'inhumaine,
La dryade, la fée, l'adorable sylvaine !
Comme je te comprends, ambitieux poète,
Moi qui mène en secret la divine conquête
De l'immortalité. Je vais tuer Eurydice,
Libérant son pouvoir, et par ce sacrifice,
Je volerai sa vie, devenant millénaire,
Tandis que ta déesse ira nourrir la terre
Fraîche de vos amours une fois consommées !
Profitez-en tous deux, enlacez-vous, dormez !
L'amour mène à la mort comme la nuit au jour,
Quand la flèche pénètre, elle blesse à rebours,
Tant qu'on y touche point, elle est douce dedans,
Mais quand on la retire elle est rouge de sang.
Je vais vous séparer, amoureux adorables,
Je vais scier en deux ce tableau si aimable,
Et vous rappellerai, avec ma griffe ardente,
Ce que c'est que trahir la maîtresse bacchante.

(Elle sort. Le soleil se lève doucement.)

Scène 2
ORPHÉE, EURYDICE

Eurydice. *(se réveillant).* Crois-tu que la poésie acceptera de te partager avec moi ?

Orphée. Elle est très orgueilleuse. *(Ils se lèvent)* Et toi, la danse, te laisse t-elle venir entre mes bras ?

Eurydice. Elle m'y pousse, et j'aime sa libéralité.

Orphée. Alors, danse, danse toujours, mon Eurydice.
(Eurydice commence une danse)

STANCES D'ORPHÉE N°2

Danse mon Eurydice, au milieu des grelots,
Comme faisaient jadis les licornes au galop
Fendant le ciel, perdant leurs ailes au bord de l'eau.

Tu soustrais à Vénus la douceur du sommeil
Tu ravis à Phoebus tout l'éclat du soleil
Comme la trêve d'un très long rêve avant l'éveil.

La nuit m'a révélée tes boucles blondes et belles,
Petits farceurs ailés, qui toujours s'entremêlent,
Et qui arrivent, d'une autre rive, plus irréelle.

Toi qui cours au levant, sur la berge ondulante
Emportée par le vent, comme une autre Atalante
Regarde encor la pomme d'or ensorcelante.

Accepte ce regard au creux de tes yeux bleus,
Aime toujours sans fard et je t'offre mes vœux
Mon absinthe, mon Hyacinthe, tu es mon feu.

Danse mon Eurydice, sois ma seule prêtresse,
Sans toi j'étais jadis comme un dieu en détresse,
Tu fis le monde à la seconde ô ma déesse.

Eurydice. Venez, mon cher ange, célébrer notre union toute blanche ! *(Ils sortent)*

Scène 3
RÉGLIS, INÔ, URCYDIE

(La scène s'assombrit, on entend un cliquetis de fer. Lorsque la lumière revient, Urcydie est au bord de la scène et nettoie de grandes griffes de fer. Inô entre et s'arrête au milieu de la scène, elle regarde Urcydie puis, voyant la maîtresse des bacchantes tourner les yeux vers elle, elle regarde d'un autre côté et commence à faire les cent pas. Elles entendent un cri furieux qui vient de loin, c'est Réglis qui arrive, son sabre à la main, suivie d'Hippolyte.)

Réglis. Ah le traître ! L'impie ! L'homme !
(Urcydie la regarde entrer puis retourne à ses griffes.)

Hippolyte. Veux-tu que nous fassions quelque chose, Urcydie, pour empêcher ce mariage ?

Réglis. Cet Orphée... Ah si je l'avais sous la main, je crois que je le mordrai ! Oui je le mordrai jusqu'à sentir son sang couler sur mes lèvres !

Hippolyte. C'est bien ce qu'il mérite, après l'affront qu'il nous a fait. Quant à cette Eurydice...

Réglis. Mais qui est cette Eurydice de toute façon ?

Inô, *entrant*. C'est une dryade.

Hippolyte. Comment cela ? C'est une déesse de la forêt, elle ?

Inô. C'est l'esprit de la forêt, née de l'arbre des Hespérides. Elle peut vivre des siècles, et sait disparaître au milieu des arbres si on l'attaque.

Réglis. Alors il faudrait nous avouer vaincues ? L'un nous repousse de sa lyre et l'autre met la forêt de son côté ! Si c'est cela, il n'y a plus qu'à se disperser et à mendier pour survivre !

(Inô tressaille à ces mots, Urcydie pose délicatement l'une des griffes et saisit l'autre, tout en se levant. Arrivée devant Réglis, elle la saisit au cou et la jette sur le sol puis pointe les lames de sa griffe juste au dessous du menton de Réglis)

Urcydie. Je croyais t'avoir dit de ne plus me tenir tête Réglis. Mais tu ne m'as pas écoutée. Il va falloir accepter ton sort. *(Elle prépare sa griffe pour frapper)*

Inô. Attends, Urcydie ! *(Urcydie se retourne vers elle)* J'ai entendu dire que... les dryades sont sensibles à l'intérieur, il suffirait qu'un serpent répande son venin pour...

Urcydie. Ce serpent, ce sera moi, Inô, et personne d'autre. *(Elle regarde Réglis toujours à genoux)* Tu as de la chance, Réglis, j'ai besoin de toi.

Inô. Que comptes-tu faire ?

Urcydie. Cet après-midi sera la dernière fois qu'Eurydice viendra remplir sa bannette quotidienne de mûres et de myrtilles. Les petites cueilleuses partent à plusieurs, mais afin de ne pas se disputer les fruits qu'elles voient presque en même temps, elles se séparent assez vite et laissent une bonne distance entre elles. À ce moment, nous devons agir. *(Regardant Hippolyte)* Tu viendras la première, sous une cape sombre, assez longue pour dissimuler tes cheveux, tu prendras une voix grave, rauque, tu lui diras qu'elle est très belle, que tu voudrais qu'elle s'approche. Elle fuira. Je l'attendrai un peu plus loin et je lui dirai de se cacher avec moi sous cet abri de feuillages. Elle se détendra, je la mettrai en confiance. Je la regarderai avec mes yeux ronds et doux, avec mon air d'enfant, comme un serpent qui fascine sa proie avant de l'engloutir. *(Regardant Réglis)* Prévenue, tu seras toute proche de notre abri, silencieuse, attendant que vienne ton tour. Tu te jetteras sur elle pour l'immobiliser et je lui ferai sentir de la manière la plus claire et la plus nette qu'elle n'est qu'une mortelle. *(Elle regarde Inô)*

Inô. Déchaîne-toi sur elle, Urcydie, je resterai regarder.

Urcydie. Vous deux, vous allez aller dans la forêt observer ces tourtereaux ; à l'instant où ils se séparent, vous viendrez m'avertir. Allez-vous en. *(Réglis et Hippolyte s'éloignent de manière précipitée)* *(Regard satisfait d'Urcydie qui récupère sa seconde griffe en sortant, suivie d'Inô)*

Scène 4
ORPHÉE, EURYDICE, (RÉGLIS, HIPPOLYTE)

(Orphée est assis en avant-scène, Eurydice est près de l'arbre. Réglis et Hippolyte entrent sur le côté et observent. Eurydice ferme les yeux. On entend le bruit du vent.)

Orphée. À quoi penses-tu ?

Eurydice. J'écoute les arbres. Ils me racontent l'histoire de tes ancêtres.

Orphée. Et que disent-ils ?

Eurydice. *(Montrant le saule pleureur)* Celui-ci te connaît bien. Il dit que ta mère est la muse de la poésie, Calliope ; il dit aussi que les oiseaux apprennent à chanter auprès de toi, certains viennent de très loin pour te voir.

Orphée. Comment les entends-tu aussi bien ?

Eurydice. Parce qu'ils sont ma famille. Je suis fille de l'arbre des Hespérides.

Orphée. Tu es une dryade ?

Eurydice. Oui, mon amour.

Orphée. Tu vivras donc un millénaire. Je quitterai ce monde pendant ta première jeunesse.

Eurydice. Ne dis pas cela, je ne te survivrai peut-être pas.

Orphée. Pourquoi dis-tu cela ?

Eurydice. Les esprits comme moi ne meurent pas du vieillissement du corps mais de l'épuisement de l'âme ; le désespoir ou la lassitude peuvent me tuer. En te perdant, je n'aurai plus la volonté de vivre.

Orphée, *tout d'un coup sombre*. Hélas !

Eurydice. Qu'y a t-il mon Orphée ?

Orphée. En cédant à l'amour, je raccourcis ta vie ! Je tue ce qui m'est le plus cher !

Eurydice. Non, non, ne dis pas cela. C'est faux. Tu

t'attaches trop au temps. Tu le serres dans tes mains. Regarde. Tes doigts sont crispés. Tu songes à la mort, et tout en toi devient rigide, glacial, cassant. Ne serre pas le temps entre tes doigts, il s'échappe, ne le regarde pas couler. La peur nous fait tout perdre.

Orphée. Je voulais vieillir avec toi, dans notre maison, au sein de la forêt.

Eurydice. Regarde mon visage. Mes rides viendront, jour après jour, te rappeler notre histoire. Oublie le temps. Le futur n'est pas là. Le passé est déjà loin. Que veux-tu pour nous ?

Orphée. Je nous vois dans la rivière, je dis des poèmes pour toi, les animaux se rassemblent sur la berge. Ils nous écoutent. Je nous vois, des années plus tard, le corps meurtri par l'âge mais l'âme pleine d'un jeune amour, jeune comme tu le seras encore, comme tu le seras toujours à mes yeux.

Eurydice. Je vieillirai avec toi. Qui me connaît vivra autant que moi.

Orphée. Eurydice, comme je t'aime ! Pour toujours...

Eurydice. Non, non ! Pas encore le temps ! Sois généreux, mon poète, offre-moi l'éternité. Dis-moi « je t'aime » seulement. Et dis-le encore demain, et le jour d'après et tous les jours suivants. Ne dis « toujours » que lorsque nous allons mourir. Ou plutôt ne le dis jamais, car je veux que tu vives après moi. Tu es mon arbre, ma maison. Porte mon souvenir.

Orphée. Je n'ai jamais aimé. Je n'aimerai pas à nouveau.

Eurydice. Et moi je te promets de garder cet amour pour nous, pour notre arbre en pleine efflorescence qui portera bientôt ses fruits. Nos aventures, nos voyages, contés par ta poésie, trouveront leur place dans la mémoire des étoiles. Tu m'as fait découvrir ce que c'est qu'être heureuse en amour, toi qui pourtant ne l'as jamais vécu.

Orphée. Mais avais-je vécu jusqu'alors Eurydice ? Ma vraie vie commence à tes côtés. *(Ils s'embrassent, le soleil apparaît à l'horizon)*

Eurydice. Le soleil se lève. Je dois aller rejoindre mes cueilleuses.

Orphée. Reviens-moi vite. C'est long quand tu ne reviens pas.

Eurydice. Rappelle-toi, mon amour, tu m'as promis l'éternité.

Orphée. Je te l'ai promis.

Eurydice. Tu m'aimes ?

Orphée. Oui, je t'aime.

Eurydice. Moi aussi. Adieu.

Orphée. Adieu ?

Eurydice. Jusqu'à ce soir. *(Elle sort)*

Orphée. Adieu. Adieu temps, puisqu'il faut t'abandonner. Me voici immortel, avec ton amour. Une minute est un siècle, un siècle est une minute. Ce soir encore, nous dormirons ensemble.

Réglis, *qui observait jusqu'alors, à part.* La voilà partie !

Hippolyte. Je vais prévenir Urcydie. *(Elle sort)*

Réglis. Ne jette pas le temps, Orphée. À présent, il t'est compté ! *(Elle sourit et sort)*

Scène 5
INÔ, URCYDIE, EURYDICE, HIPPOLYTE, RÉGLIS

(Urcydie, à jardin, Inô, au fond, et Réglis, à cour, attendent cachées l'arrivée d'Eurydice. Celle-ci entre, elle veut rejoindre les autres pour commencer sa cueillette mais une forme enveloppée d'une cape noire se dresse devant elle)

Hippolyte. Mademoiselle ? Vous êtes bien la petite Eurydice ? Mon nom est Aristée. Puis-je vous voir de plus près ? Venez, je vous en prie... oh, n'ayez pas peur, je ne vais pas vous mordre...

(Eurydice a plusieurs mouvements de recul, peu à peu, elle commence à se sentir étouffée car Hippolyte croise toujours son chemin, à la fin, elle se met à fuir. Elle cherche un arbre pour se cacher et elle voit le signe que lui fait Urcydie avec un visage angélique, elle va vite dans sa direction et passe sous les feuilles. Urcydie met ses mains sur ses épaules. Lorsqu'elles sont debout, il est impossible de voir au dessus de leur bassin. Hippolyte s'arrête et rebrousse chemin. Eurydice ne peut s'empêcher de respirer très fort. Urcydie appuie alors sur ses épaules pour la faire asseoir. À présent, on peut les voir presque entièrement.)

Urcydie, *prenant un ton doux.* Calme-toi, tu es comme ma maman, tu ne sais pas leur répondre...

Eurydice. On peut nous voir ici...

Urcydie. Mais non... c'est un abri naturel, pour nous voir, il faudrait être enterré jusqu'au cou. Par contre, nous, nous voyons tout. Tu n'as rien à craindre.

Eurydice. Merci...

Urcydie. Ne me remercie pas. Tu aurais fait la même chose pour moi. N'est-ce pas, Eurydice ? Ou peut-être aurais-tu fait autre chose, tu serais venue et tu m'aurais regardée avec dédain...

Eurydice. Non !

Urcydie. Ou alors simplement comme un chat. Tu aurais suivi ton chemin et tu aurais attendu que je te suive, un chat, un chat, qu'on entend à peine, qui respire bas, très bas. Tu serais un chat qui se cache dans les bosquets, et qu'il faut déloger... ou bien une oiselle, une petite oiselle blonde chassée par le chat, et qui veut lui échapper... qui vole, qui vole toujours plus vite, qui chante pour ne pas l'entendre, qui continue de chanter... mais qui s'étouffe, sous la patte du chat.

Eurydice, *émue et hypnotisée*. Elle est morte ? *(Silence, Urcydie fait signe que oui de la tête)*

Urcydie. Tu veux que je chante moi aussi ? Cela te ferait peut-être du bien. *(Elle commence à chanter, s'arrête))* Tu m'écoutes... *(Elle chante à nouveau, descendant avec Eurydice au sol, puis s'arrête)* Tu es calme... Très calme... Tu es rassurée... tu attends que je te raconte ce qui se passe... Il n'y a plus personne et tu es toujours là, avec moi... je te regarde, tu n'entends plus que ma voix, ou peut-être un petit tressaillement dans l'air mais... tu ne l'entends plus maintenant... tes mains se détendent sur tes hanches, elles se laissent aller. C'est maintenant que tu vois le soleil qui pénètre, le soleil rouge, rouge comme du sang, et ta main, tenant... tenant... maintenant !

(Réglis, toute tendue, se jette dans l'abri et attrape Eurydice par derrière la faisant basculer sur elle et lui mettant la main sur la bouche. Urcydie s'immobilise un instant, relève doucement la tête et laisse se dessiner son sourire le plus large. Sa main semble se rigidifier. Ses deux doigts les plus longs deviennent extraordinairement tendus alors que les autres se replient avec force. Eurydice a du mal à respirer, Réglis lui couvre la bouche et maintient solidement son buste, elle utilise ses jambes pour pousser celles d'Eurydice, de chaque côté, laissant un écart. Urcydie, alors qu'Eurydice ne bouge presque plus force son intimité avec violence. Eurydice, silencieuse, semble comme une poupée qu'on secoue, tout semble se bloquer dans sa poitrine, elle s'échappe mentalement, le corps étranger n'est là que comme quelque chose qui ne la touche pas, peu à peu elle sort de son corps. Urcydie va vite, de plus en plus. Finalement, elle s'agite en trois grands coups et se remet à respirer normalement. Elle retire sa main, toute tachée de sang. Elle est absorbée et ne dit mot. Eurydice est inanimée. Inô devient plus sombre.)

Scène 6
INÔ, URCYDIE, RÉGLIS, EURYDICE (morte)

Inô. Elle est morte.

Urcydie. Pardon ?

Inô. Morte, que fait-on ?

Urcydie. Elle a été mordue par un serpent.

Inô. Et le sang ?

Urcydie. Mal tombée sur les racines d'un arbre, elle cherchait de l'aide car elle saignait.

Inô. D'accord... *(Un temps, elle va pour sortir)* Au fait ?

Urcydie. Qu'y a t-il Inô ?

Inô. ...pourquoi ?

Urcydie *(en souriant).* Parce que maintenant, je vais vivre mille ans. *(Avec le sang de la morte, elle se trace sur la poitrine le signe de l'infini)*

Inô. Très bien... à bientôt alors.

(Elle sort. Réglis, aidée d'Hippolyte qui revient, transporte le corps d'Eurydice hors de la scène)

Scène 7
URCYDIE *puis* ORPHÉE

Urcydie. Penthée, mon cher frère... c'est ironique, n'est-ce pas ? Ce que tu m'as fait t'a valu la mort et ce que je viens de faire me vaudra une longue vie. Rien n'est juste en ce monde. *(Elle se tourne vers la morte)* Vis mon destin à présent, Eurydice, tandis que je vivrai le tien de semi-immortelle.

(Orphée paraît à la lisière de la scène, Urcydie vient vers lui, la main ensanglantée)

Urcydie. Tu avais raison, Orphée... la femme idéale n'existe pas. *(Elle lui caresse le visage, laissant une trace rougeoyante sur sa joue. La scène s'assombrit.)*

PROLOGUE 3

SAPPHÔ

Eurydice expirait
Poussant un cri atroce
Pendant qu'on s'affairait
À cet acte féroce ;
Et la fausse innocente
Au rictus vicieux
S'était livrée consciente
À ce crime odieux,
Dans une ardeur cruelle
Comme jadis son frère
Avait abusé d'elle,
De la même manière.
Orphée va dans la plaine
Et la retrouve morte,
Il se soutient à peine
Tant la douleur est forte.
Il veut braver son sort,
Et insulte les dieux
On ne vainc pas la mort
Mais lui Orphée le peut.
Il ira la chercher
Jusque dans les Enfers.
On veut l'en empêcher,
Il n'y a rien à faire.

ACTE 4
Les Enfers

Scène 1
ORPHÉE, INÔ

Inô. N'avance pas.

(Orphée, en proie à la fureur, fait sonner l'une des cordes de sa lyre. Inô alors se couvre les oreilles et tombe à genoux)

Orphée. Va t'en, maudite bacchante. Écarte-toi.

Inô. Je t'en supplie, n'y va pas. Elle l'a fait pour t'atteindre. Elle l'a fait pour te tuer.

Orphée. Plus que jamais aujourd'hui, la mort m'est indifférente ! Comme elle l'a été pour toi, quand tu l'as laissée mourir ! Ôte-toi de mon chemin !

Inô. Je ne voulais pas... je ne voulais pas qu'elle meure comme ça, pas de cette façon. Ne cours pas à ta perte ! J'ai trop versé le sang, je l'ai trop laissée faire... j'étais incapable de bouger, je pouvais à peine respirer, j'avais peur. Pardonne-moi, je t'en supplie... *(Orphée veut avancer, elle se relève, tendant la main)* Écoute-moi, sauve ta vie, Orphée, sauve celle de ses prochaines victimes !

Orphée. Les cris de vos victimes emplissent l'air de toute la Grèce, de la Thrace, de la Lydie et de l'Egypte ! Que ferais-je ? Et que pourrais-je faire ? Je n'ai que la justice et les sentiments. Vous avez les armes, la rage et la folie. Et les armes, la rage et la folie ont eu raison de la seule

personne qui m'ait été chère en ce monde : Eurydice !
Eurydice n'est plus ! Là où je vais, personne ne m'arrêtera,
sinon la mort. *(Inô baisse la tête. Silence. Orphée avance.)*

Inô. Alors, il ne reste que la mort ? *(Orphée s'arrête)* Pour
nous, nulle autre voie ? Que la mort ?

Orphée. Celui pour qui l'amour importe plus que la vie,
celui-là, Inô, doit mourir avec son amour. Les autres
laisseront mourir leur amour, et vivront, se cherchant,
année après année, des faire-valoir pour supporter la
cruauté du monde, des miroirs aux formes douces, qui leur
diront ce qu'ils veulent entendre, qui les arroseront,
comme la pluie arrose les arbres, des soigneurs de leur
vanité.

Inô. Tu ne seras plus toi après avoir payé le passeur.

Orphée. Alors je serai un autre, pourvu que cet autre
retrouve Eurydice.

Inô. Et si c'était trop tard ? Si elle ne pouvait pas revenir ?

Orphée. Alors... mon corps serait aux ombres. Adieu, Inô.

Inô. Pourras-tu regarder le visage de la mort ? *(Orphée se
retourne vers elle)*

(Noir, Inô sort)

Scène 2
ORPHÉE, CHARON

*(Orphée entre seul dans les Enfers, sa lyre à la main. Il
voit Charon qui lui tend la main. Orphée saisit une pièce
imaginaire sur chacun de ses yeux et dépose le tout dans*

les mains du passeur.)

Scène 3
LES TROIS OMBRES *dont* EURYDICE, ORPHÉE, (CHARON)

(Dans les Enfers, trois ombres tourmentées s'agitent dans le Styx. Ce sont des formes sans visage, nues ou peintes, vaporeuses ; des corps en souffrance, qui se tordent en tout sens, avides d'agripper Orphée pour lui partager leur souffrance. Orphée est sur le bateau avec Charon.)

Ombre 1. Les étoiles pâlissent et la lune s'efface.

Ombre 3. Des seins glacés me touchent.

Ombre 2. Une force m'enlace.

Ombre 1. Demain, l'heure sera sans fin. Que faire dans tout ce temps ?

Ombre 3. Dans quel sens ?

Orphée. Enfin, cessez, pensées, de tourner sans réponse.

Ombre 1. Mais où est ton poème ?

Ombre 3. Et ces mille visages que tu avais promis ?

Ombre 2. La lumière est fausse.

Ombre 3. Mais le son l'est aussi.

Ombre 2. Reviens sur tes pas.

Ombre 1. Je suis là.

Ombre 2. Où est ta dame ?

Orphée. Ma dame m'a quitté.

Ombre 3. Elle est déjà passée.

Ombre 2. Ses cheveux ont changé.

Ombre 1. Je préfère être rousse.

Ombre 2. La lune s'éloigne.

Ombre 3. Merci pour tout.

Ombre 1. L'aventure se brise et emporte avec elle dans les airs viciés ta déesse mortelle.

Ombre 2. Quel est mon rôle ?

Ombre 3. Je peux pleurer ?

Ombre 1. Refais-le.

Orphée. Il y a sept portes et vous n'êtes que trois.

Ombre 3. Que devenir ?

Ombre 2. Quand tu crèves de dire.

Ombre 1. Tu es l'obstacle.

Ombre 3. Lève-toi.

Ombre 2. Les règles sont les règles.

Ombre 1. Recommence. *(Un temps)* Donne ta main.

Ombre 3. Le soir est un matin.

Ombre 2. Avance.

Ombre 1. Qu'est-ce que tu vois ?

Orphée. Une prisonnière. Elle étale contre ses barreaux ses cheveux décrépis, couleur de corbeau, et brandit fièrement une crevette grasse.

Ombre 3. Une voix me poursuit.

Ombre 2. Aveugle.

Ombre 1. Renfermée.

Orphée. Les mirages m'assaillent et les glaces m'envoient le seul être haïssable. En vain le monde humain engendre son semblable si l'amour, ce fluide inconstant, ne soutient son squelette sans âme et sa chair désertée.

Ombre 3. Tu as aimé ?

Ombre 2. Je suis mauvais.

Ombre 1. J'ai trouvé.

Ombre 2. Mais...

Ombre 3. Tu rêves...

Ombre 1. Tu es plutôt belle.

Ombre 3. Tes mains s'assemblent bien aux miennes.

Ombre 1. Attrape les siennes. *(Elles essaient d'attraper Orphée qui tombe de la barque)*

Ombre 2. Arrête !

Orphée. Eurydice !

Ombre 1. Tu la sens ?

Ombre 3. Je la veux.

Ombre 2. C'est mon sang.

Ombre 3. Regarde, Orphée.

Ombre 2. Nous sommes liées.

Ombre 3. Un dessein qui mène à l'autre.

Ombre 2. Le tien...

Orphée. Eurydice !

Ombre 3. Il n'y en a qu'un !

Ombre 1. Vos jambes s'entrelacent.

Ombre 2. Nous sommes tes mains.

Ombre 3. Passe entre nous.

Ombre 2. Non sans vice.

Orphée. Eurydice !

(Les ombres s'entrelacent et Eurydice apparaît.)

Scène 4
EURYDICE, ORPHÉE

Orphée. Es-tu bien Eurydice ? Celle que j'ai aimée. Tes cheveux, ton visage, ton corps. Ici, dans ces profondeurs obscures. Comment puis-je savoir... ? Aphrodite m'aurait-elle accordé la grâce de... ? Pourquoi ces mains, ces corps t'entourent-ils ? Quelle expérience infecte le maître des profondeurs fait-il sur toi ? *(Il veut approcher sa main du visage d'Eurydice)*

Eurydice. Orphée. *(Elle se lève, les autres ombres sortent)*

Orphée. Mon amour ! Ce seul mot me met à tes genoux, mon ange. Reviens à la surface avec moi, ta mort était une injustice des dieux mais à présent nous allons la réparer. Nous allons la réparer ensemble. Viens, mon amour.

Eurydice. Tu m'ennuies avec ça. T'as quelque chose à proposer ?

Orphée. Remonter ensemble, mon Eurydice.

Eurydice. Je ne vois pas ce que tu veux dire.

Orphée. Passer les sept portes, main dans la main.

Eurydice. Laisse ma main, j'ai mal.

Orphée. Mais je dois te voir, je ne veux pas te perdre encore.

Eurydice. Ne me touche pas, ça me fait mal.

Orphée. Alors, reste près de moi, je t'en prie.

Eurydice. Je ne peux pas faire plus près.

(Ils avancent. Orphée veut la regarder.)

Eurydice. Ne te retourne pas, tu ne me verrais plus. Avance, et je te suivrai peut-être.

Orphée. Peut-être ?

Eurydice. Peut-être.

Orphée. Non, je ne peux pas.

Eurydice. Pourquoi ne peux-tu pas ?

Orphée. Je ne peux pas aller dans la lumière si je ne te vois pas, un monde sans toi est un monde sans lumière.

Eurydice. C'est parce que tu veux te retourner qu'il n'y a plus de lumière.

Orphée. Non, c'est parce que je ne te vois pas.

Eurydice. Alors imagine que je suis là, et avance toujours.

Orphée. Et si nous errons, si nous marchons sans fin ? Je les vois d'où je suis, mon amour, Sisyphe avec son rocher, les Danaïdes remplissant leur tonneau, et Prométhée qu'on dévore. Finirons-nous comme eux ?

Eurydice. Imagine que non. Imagine que je te tiens la main, et que nous ressortons tous deux, que nous avons une maison, dans la forêt qui nous vit nous connaître, que nous jouons dans la rivière, que tu dis tes poèmes, et que les animaux viennent t'écouter ; puis que nous vieillissons, l'un et l'autre, et lisons dans nos rides l'histoire de notre vie heureuse, au coin de nos bouches, sur la trace des sourires. Imagine que nous sommes ensemble, qu'il y a quarante ans que nous nous connaissons, et que je suis malade, que je vais basculer, que tes yeux me regardent, que je les ai fermés. Ferme-les toi aussi. Et avance.

Orphée. Je n'y arrive plus, mon Eurydice, je ne peux plus.

Eurydice. Si tu te retournes, je disparaîtrai.

Orphée. Mais est-ce que tu es là ? *(il s'effondre)*

Eurydice. *(un temps)* Peut-être que je ne suis plus là.

Orphée. Est-ce que nous allons vivre tout cela ?

Eurydice. Imagine.

Orphée. Laisse-moi te regarder.

Eurydice. Tu sais ce qu'il en coûtera.

Orphée. Dis moi seulement que tu m'aimes et je marcherai.

Eurydice. …

Orphée. Pourquoi ne dis-tu rien ?

Eurydice. Il faut être vivante pour aimer, Orphée. Je suis morte. *(Il se retourne)* Je suis morte.

Orphée. Eurydice !

Eurydice. Tu l'as voulu.

(Elle disparaît.)

ACTE 5
Une plaine

Scène 1
HIPPOLYTE, RÉGLIS

Le jour va bientôt se lever. L'eau coule, les oiseaux, et d'autres animaux de la forêt se font entendre ; Inô et Réglis entrent, bras dessus bras dessous, vraisemblablement sous l'influence d'une grande quantité de vin, elles chantonnent.

Hippolyte. Petite souris blanche, laisse-moi te croquer. Ton petit museau d'ange va être dévoré.

Réglis. Mon petit campagnol, au fond de ton terrier, avec mes petits doigts je pourrai te chercher.

Hippolyte. C'est ici qu'est mort le petit poisson, regarde...

Réglis. Sur cette herbe fraîche, nous l'avons dépucelée...

Hippolyte. Elle s'est noyée... ou est-ce l'anguille qui l'a mangée ?

Scène 2
HIPPOLYTE, RÉGLIS, INÔ

Réglis. Regarde qui est là, Hippolyte.

Hippolyte. C'est Inô... !

Réglis. Dis-nous... où était-ce ? Où petit poisson est mort ?

Inô. Sous le saule, mais pourquoi voulez-vous voir ça ?

Hippolyte. Parce que nous revivons depuis que ce maudit poète a quitté la forêt !

Réglis. Je n'ai plus faim, je n'ai plus soif, et j'ai joui tout mon soûl !

Hippolyte. Je veux savoir l'endroit exact où notre cheffe a triomphé de la dryade.

Réglis. Montre-nous l'endroit précis, que je m'y roule !

Inô. Voyez-vous le sang ici, par terre ?

Hippolyte. C'est le sien ? *(Elle s'accroupit)* Encore brillant sur le sol ? *(Elle s'en met sur les bras)*

Réglis, *allant s'y plonger.* Le sang des esprits ne s'efface donc jamais ?

Inô. Rien ne peut effacer une telle horreur. Si elle s'était contentée de la tuer... mais elle l'a souillée au plus intime de son être... elle voulait lui voler sa longue vie, pour nous survivre pendant des siècles, et jeter cette malheureuse dans un enfer dont on ne revient pas...

Hippolyte, *jetant un coup d'oeil rapide à Réglis*. Prends garde à ce qu'elle ne t'entende pas...

Inô. Elle peut bien m'entendre, elle sait que ce qu'elle a fait est mal...

Réglis, *se levant brusquement*. Tais-toi, Inô ! *(Elle fait tomber Inô. Hippolyte la rejoint. Elles lui donnent des coups de pied au sol)* Cela fait bien longtemps qu'elle aurait dû te tuer, avec ton insolence... il y a pas à dire, elle n'oublie pas qui a partagé sa couche...

Hippolyte. C'est tout de suite plus simple quand on donne un peu de sa personne avec la cheffe ! *(Elles ont fini de la frapper)*

Inô. *(Se tordant de douleur)* Les dieux se vengeront, Bakkhos lui-même ne laissera pas pareille horreur impunie...

Réglis. Plus un mot, cachons-nous, on vient par ici !

(Elles se cachent tandis qu'Orphée entre)

Scène 3
INÔ, RÉGLIS, ORPHÉE

Hippolyte. C'est Orphée !

(Orphée avance lentement sur scène.)

STANCES D'ORPHÉE N°3

Orphée. Tu m'as privé Hadès du pouvoir de tout dire
Je n'ai plus aucun mot pour chanter mon martyre
Tous les sens ont perdu, ma lyre est insonore
Si je m'allonge ici, et que je m'y endors,
Je trouverai des vers tout prêts à m'effacer,
Venant, comme des bras, dans la nuit m'enlacer
Jusqu'à ce qu'il ne reste à l'endroit où j'étais
Qu'un tout mince filet de ma voix qui se tait.

Nature bien aimée, reprends sur moi tes droits,
Tu m'as fait pour aimer, j'ai aimé, tu le vois,
Et pour cela je meurs, quand j'aurais voulu vivre,
Pour qui n'a jamais bu, il n'est pas bon d'être ivre.
Reprends ma poésie, je n'en ai plus que faire,
Jette-la dans le fleuve et par delà la mer,

Où d'autres voix peindront cette tragique histoire
Aux couleurs de leurs cœurs encore gonflés d'espoir.

Va t-en, lyre sans voix, je n'ai plus rien à dire
Je ne veux plus de mot pour chanter pour martyre.

(Pendant qu'il dit ce dernier poème, il regarde le ciel. Il va déposer sa lyre au bord de la forêt, ne voulant plus la reprendre. Il se jette à plat ventre et laisse ses bras s'imprégner de l'herbe comme s'il nageait. Il demeure ainsi sur l'herbe, le corps contre terre alors que le soleil se lève.)

Inô, *n'en pouvant plus.* C'est son chant du cygne.

Réglis. Il a déposé sa lyre ! Le voici sans défense...

Hippolyte. Sa peau nous nargue... Son grand corps épouse les formes de cette fille de joie, la terre.

Réglis. Regarde comme ses formes étouffent l'herbe drue. Je le veux.

Hippolyte. Je le veux la première. Tu feras ce que tu voudras des restes.

Réglis. J'irai dans ses bras, et tu vas m'attendre sagement !

(Hippolyte l'attrape par la taille et la serre de toutes ses forces)
Hippolyte. Et là, tu les sens, mes bras ?

Réglis. Lâche-moi, tu ressembles à un animal dégoûtant. Laisse-moi respirer.

Hippolyte. Tu as eu la cueilleuse, je veux Orphée. Il est sans force, sa peau à même le sol, son corps m'est offert.

Rien ne viendra entraver mes jouissances. Je ne veux pas que tes mains dégoûtantes gâchent cette peau, elles puent le sang, elles pueront toujours le sang. Si jamais tu mets tes mains sur lui, je te brise les poignets.

Réglis. C'est dans ta terre chaude qu'elle aurait dû plonger ses mains, jusqu'aux poignets.

Hippolyte. Bouge encore d'un pouce et je brise le tronc de ton hydre blanche.

Scène 4
INÔ, RÉGLIS, HIPPOLYTE, ORPHÉE, URCYDIE

(Trop occupées à se battre, elles ne voient pas Urcydie qui entre et s'approche d'elles. Remarquant son ombre, elles lèvent la tête et reculent brusquement. Urcydie porte ses deux griffes de fer, voyant Orphée à terre, elle sourit puis prononce les mots qui suivent comme un rituel. Inô est à terre, un peu plus loin, les yeux dans le vague.)

Urcydie. Mon masque c'est le jour,
Sais-je ce qu'est l'amour ?
Bien que sublime amante,
Orphée ne me voit pas,
Car je suis ici bas,
Lumière dévorante.

(Elle s'éloigne vers le fond. Sur un signe d'elle, chacune des deux autres se met à frapper Orphée une fois, on entend à peine un soupir ; puis sur un autre signe d'Urycdie, Réglis et Hippolyte immobilisent le poète, en lui tenant les bras derrière le dos, présentant sa poitrine à la maîtresse des Bacchantes. Elle passe doucement sa griffe sur cette poitrine, qui saigne. Réglis saisit la tête

d'Orphée pour la présenter à Urcydie. Urcydie l'embrasse sauvagement, et dans ce baiser lui arrache la langue. La douleur fait surgir des larmes. Les deux autres lui croisent les bras derrière le dos. Réglis et Hippolyte, le tenant ainsi, mordent brusquement en même temps et symétriquement dans ses épaules. La maîtresse place alors ses deux griffes au centre de la poitrine d'Orphée, et dans un mouvement puissant et rapide, les écarte alors que la morsure des deux autres se referment sur lui. Il tombe en arrière. Elles le dévorent.)

STANCES D'URCYDIE

Urcydie.
Oui j'ai voulu t'aimer,
Poète délicieux,
Mais tu m'as affamée,
En voulant être aux cieux.

Ta viande m'a tentée,
Sous tes globes d'azur,
J'ai voulu te goûter
Te changer en festin
Croquer dans un fruit mûr,
Comme dans mon destin.

Ces bacchantes ardentes,
De tes restes ont pris soin,
Ta tête sur les pentes
Va être emportée loin.

(Elle va vers Réglis et Hippolyte, en pleine dévorations)
Allons, partons d'ici,
Femmes dégoulinantes,
De von coeurs indécis,
Faite(s) une plaie béante.

(Elle va vers Inô, éloignée du corps d'Orphée, elle se relève péniblement)
Et toi mon innocente,
Avale ton quartier,
Et cette vaste fente
Ouvre-la tout entier.
(Inô saisit alors le bras d'Urcydie, toujours portant la griffe. Urcydie tente de ramener son bras vers elle mais Inô le tient fermement)

Inô.
Par amour Urcydie,
Au creux de mon bassin,
Éteins mon incendie
De ton ongle assassin.

(Malgré la résistance d'Urcydie, dont les yeux s'agrandissent, Inô tire un coup sec et plante la griffe dans son bassin. Un flot de sang s'échappe de ses lèvres.)

ÉPILOGUE

(Sapphô est avec Mika)

Sapphô. Après la mort d'Orphée
Le puissant Dionysos
Apprit tous leurs méfaits
Indignes de Bakkhos.
Quand la clique rentra
L'impitoyable dieu
Les métamorphosa
En des arbres noueux.

Mika. Urcydie survit-elle ?
Sapphô. On l'ignore à ce jour. Peut-être reviendra t-elle
pour défier l'Olympe. Alors nous serons prêtes.

Episode 3 :

SAPPHÔ

ET LA BACCHANTE IMMORTELLE

aux poétesses de toute la Terre, avec tous mes respects et mon admiration

« Quelqu'un, je crois, se souviendra dans l'avenir de nous. »

SAPPHÔ DE MYTILÈNE
fragment traduit par Rénée Vivien

PERSONNAGES

	Acteur titulaire du rôle
SAPPHÔ, *née à Lesbos, cheffe d'un cercle de poésie et de chant*	Delphine Thelliez
ATTHIS, *amante de Sapphô*	Monica Tracke
DAMOPHYLA, *disciple de Sapphô*	Julia Huber
ALCÉE, *poète*	Pierre Sacquet
URCYDIE, *maîtresse séculaire des bacchantes*	Sofia Kerezidou
ATHÉNA, *déesse de la sagesse*	Monica Tracke
BAKKHOS, *dieu du vin et de la fête*	Jean-Baptiste Sieuw
JAPET, *titan de la mortalité*	Jean-Baptiste Sieuw
CHRYSIS, *lieutenante d'Urcydie*	Julia Huber
Les Bacchantes	*(rôles cumulés)*

PROLOGUE

ALCÉE *puis* SAPPHÔ et ATTHIS

Alcée écrit tandis qu'on entend une mélodie jouée à la lyre. Il se tourne vers le public.

Alcée. Ah, vous étiez là ! Je ne vous avais pas vus ! Lorsque j'écris, je n'entends rien, je ne vois rien. J'abjure la réalité. Entre nous, la réalité... quel ennui, n'est-ce pas ? Vous n'êtes pas d'accord ? Laissez-moi vous convaincre. Je me nomme Alcée de Mytilène, j'ai vécu au sixième siècle avant votre ère. Oui, oui, c'était il y a très longtemps. Et qu'est-ce qui me permet de vous parler encore aujourd'hui ? Certainement pas la réalité. Mais plutôt la légende. Mon amie et rivale, la poétesse que j'admire tant, s'appelle Sapphô ; Sapphô de Mytilène ; et elle est entrée dans la légende. Née sur notre île, Lesbos, aux confins orientaux de la Grèce, elle est devenue si célèbre qu'aujourd'hui, mes compatriotes à votre époque ne veulent plus être appelés lesbiens. Oui, la grande poétesse aimait les femmes, c'est pourquoi je l'ai surnommée « Première des Lesbiennes », je dis bien la première, car il n'est à Lesbos nulle femme aussi fière, pareille à l'Albatros. Entendez-vous comme je rime ? C'est ma seconde nature. Non, non, que dis-je, c'est ma première nature ! Et c'est avec ces rimes que notre histoire commence... ! *(Il va prendre sa lyre)*

Ma rivale Sapphô, la grande poétesse
Avait fondé son cercle où venait la jeunesse,
Des filles éduquées, aux talents prometteurs
Imitaient les poètes et devenaient auteurs.

Cela durait un temps puis venait le mariage,
Chacune repartait quand elle était en âge.
Des prières, des chants, des écrits glorieux
Faisaient le quotidien du cercle ambitieux.
Les esprits d'Aphrodite éclairaient cette école ;
Les élèves parfois abaissaient leur étole,
Et Sapphô qui était leur maîtresse d'esprit
Devenait aussitôt leur maîtresse de lit.
Chacune le pouvait, chacune s'y risquait,
Car chacune voyait son désir satisfait.
Mais baignant dans l'amour, au milieu des délices
Sapphô prit sa folie sur les lèvres d'Atthis.

(La lumière change Sapphô apparaît, Atthis est face à elle.)

Sapphô. Lors de son arrivée, je ne la voyais pas ; de toutes mes disciples, c'était la plus farouche et la plus paresseuse. Je passais donc mon temps à la réprimander, sans aucun résultat. Elle me regardait, sans rien changer chez elle. Comme elle m'agaçait ! Mais cependant un jour, je la vis embrasser l'une de mes disciples tandis que je chantais. Je n'ai rien dit d'abord, mais j'en étais blessée. Je lui fis la remarque. *(Elle s'adresse à Atthis)* Est-ce un temps pour cela ? Et ne pouvais-tu pas l'embrasser dans ta chambre ? Elle me dit alors :

Atthis. Tu ne l'aurais pas vu.

Sapphô *(au public).* Trop tard, j'avais souri. Ma chère et tendre Atthis connaissait son pouvoir. Évidemment, dès lors, elle m'a ignorée. Et je l'ai poursuivie.... jusqu'à priver de moi mes plus tendres amies. J'ai cherché à la voir, j'ai prié Aphrodite, cela fut sans effet. J'étais désespérée, seule face à la mer, lorsque je la croisai, toute seule elle aussi. L'orgueil me reprenant, j'ai passé mon chemin.

Atthis. Es-tu sûre Sapphô ?

Sapphô. Ce n'était pas ma voix. Je me suis retournée. Elle me regardait. Je n'avais qu'à marcher. Je l'imaginais fuir et me briser le cœur mais je marchai vers elle. Elle n'a pas bougé. *(à Atthis)*

Atthis. Tu comptes m'embrasser ?

Sapphô. Et si je le faisais ?

Atthis. Tu ne veux plus que ça.

Sapphô. Je l'ai fait. Longtemps. *(Atthis sort)* Et je n'ai plus cessé. *(Elle sort)*

Alcée. Quelle histoire splendide ! Et qu'elle est belle, Atthis ! Il faut que j'en fasse un poème ! *(Il écrit)*

ACTE 1
Mytilène

Scène 1
ALCÉE, DAMOPHYLA

Alcée est en train d'écrire. Entre Damophyla, furieuse. Elle va donner un coup de pied dans le siège. Alcée continue d'écrire, faisant exprès de ne rien remarquer. Damophyla s'éloigne, frappe le sol ou le mur, expire bruyamment et tombe assise, haletante. Alcée, après avoir fini sa longue strophe, relève la tête.

Alcée. Un problème, Damophyla ? *(Pas de réponse)* Je te sens agitée. *(Toujours rien. Il se remet à écrire.)*

Damophyla, *criant tout d'un coup.* Atthis ! *(Alcée sursaute)*

Alcée. Tu vas me faire renverser mon encre ! Veux-tu parler, oui ou non ?

Damophyla. Oui.

Alcée. Tu vas déjà mieux.

Damophyla. Quoi ?

Alcée. Quand on a un problème, la première étape pour aller mieux, c'est d'en parler. Si tu es prête à parler, tu vas déjà mieux.

Damophyla. Très drôle.

Alcée. Atthis, donc ?

Damophyla. Atthis !

Alcée. Bon, Atthis, c'est entendu. Qu'a t-elle fait ?

Damophyla. Mademoiselle se change devant moi.

Alcée. Tu as de la chance.

Damophyla. Veux-tu mon poing dans la figure, pour voir ?

Alcée. Un peu de jalousie, peut-être ?

Damophyla. Moi, jalouse de ça ?

Alcée. Ah pardon, j'avais cru.

Damophyla. Et ça se déshabille, ça s'étire nue, ça s'étale de l'huile parfumée sur la poitrine... ! Devant moi, sans gêne. Ça semble dire : regarde-moi, tu as vu comme je suis belle, comme je sens bon, comme Sapphô va bien profiter de moi ce soir ! *(Elle frappe au sol)*
(Un temps)
Alcée. Donc pas jalouse, c'est ça ?

Damophyla. Non.

Alcée. Quel sentiment t'envahit ?

Damophyla. Je la méprise.

Alcée. Le mépris implique une distance.

Damophyla. Je la déteste.

Alcée. Parce que...

Damophyla. Elle passe son temps à faire sa belle.

Alcée. Elle est belle.

Damophyla. Et tu es censé être mon ami, c'est ça ?

Alcée. J'ai un jour entendu quelqu'un me dire : « je préfère la vérité crue, puante, immangeable, plutôt qu'un délicieux mensonge. »

Damophyla. J'ai dit ça ?

Alcée. Oui.

Damophyla. Va pour la vérité puante : elle est belle.

Alcée. Nous avançons.

Damophyla. Et Sapphô ne voit plus qu'elle.

Alcée. Nous avançons vite.

Damophyla. J'ai compris ton jeu. Parfait, je l'avoue, je suis jalouse. Es-tu content ?

Alcée. Ça te fait du bien de l'avoir dit, non ?

Damophyla. Non.

Alcée. Je croyais que Sapphô se consacrait à chacune de ses disciples, qu'elle partageait avec vous son savoir et son lit ?

Damophyla. C'est fini. Elle est tout à Atthis, pour le lit et pour le cœur.

Alcée. Quoi, mon amie Sapphô avec une seule femme ?

Damophyla. Oui !

Alcée. Quelle idée saugrenue ! C'est une maladie hélas de plus en plus commune. On abuse de l'amour comme on abuse du vin. On se consacre à une seule. On s'enivre, on devient dépendant, on ne voit plus la vie ni les autres personnes. On se restreint, on s'empêche, on s'enferme dans son bocal. On ne séduit plus, on ne sait plus séduire ni être séduit. Et lorsqu'à la fin, on en devient tout à fait incapable, on devient jaloux et tout le monde souffre.

Damophyla. Si en aimer plusieurs pouvait nous garder de la jalousie !

Alcée. Il faut réduire la dépendance. Regarde d'autres femmes.

Damophyla. Elles m'indiffèrent.

Alcée. Première règle : Tu peux raviver un feu mais tu peux pas l'empêcher de s'éteindre. Deuxième règle : sitôt un feu s'éteint, un autre vous réchauffe. Troisième règle : il faut donc allumer plusieurs foyers !

Damophyla. Facile à dire.

Alcée. Facile à faire, quand on est belle comme toi.

Damophyla. Je ne suis pas belle.

Alcée. Tu es belle et tu as plus d'esprit qu'Atthis.

Damophyla. Est-ce que je suis plus belle qu'Atthis ? Rappelle-toi que je déteste le mensonge. *(Alcée ne dit rien, soupire et va écrire)* C'est bien ce que je me disais. *(Elle s'approche de l'endroit où il écrit)* Qu'écris-tu ?

Alcée. Un poème, rien d'important.

Damophyla, *lisant par dessus son épaule.* « Ses longs cheveux d'or qui brillent au soleil » Tu parles d'Atthis !

Alcée. Comment, je parle d'Atthis ! Je parle d'une fille aux cheveux d'or qui brillent au soleil, il y en a des milliers !

Damophyla. Je te connais, je sais que c'est elle ! Ne me dis rien ! Si je la voie, je...

Scène 2
ALCÉE, DAMOPHYLA, ATTHIS

(Atthis entre avec une brosse et un miroir, elle sent l'huile parfumée.)

Atthis. Le cours de Sapphô n'a pas encore commencé ?

Damophyla. Tu dois le savoir mieux que moi, tu passes tes nuits avec elle.

Atthis. Voyons, Damophyla, il y a des oreilles masculines qui nous écoutent !

Alcée. Faites comme si je n'étais pas là.

Atthis. Sapphô tolère les hommes à son cours, maintenant ?

Alcée. À vrai dire... non. Mais comme elle n'était pas là, j'ai pensé qu'elle annulait aujourd'hui à cause du défilé des vierges du printemps.

Atthis, *enthousiaste*. Ah le défilé des vierges du printemps ! *(Elle se coiffe)*

Damophyla. Des vierges, on a dit.

Atthis. Parce que mademoiselle Damophyla est plus vierge que moi peut-être ?

Damophyla. Selon la définition de ces messieurs, je le suis. Aucun homme ne m'a jamais touchée.

Atthis. Il faut qu'ils trouvent l'envie.

Damophyla. Je te les laisse. Ceux d'ici doivent t'adorer.

Atthis. Il paraît que je ne déplais pas aux femmes non plus.

Alcée. Moi, d'après ce que je sais, il suffit de n'être pas mariée pour participer au défilé. Tu as tes chances, Atthis. Pourquoi ne t'y rends-tu pas ?

Damophyla. Sapphô ne veut pas qu'elle y aille.

Atthis. Elle ne veut pas, en effet mais je participe tout de même.

Damophyla, *à part.* Si elle se marie, bon débarras !

Alcée. Tu dois avoir un époux en vue ! Qui est l'heureux élu ?

Damophyla, *bas à Alcée.* L'heureux élu, tu te moques de moi ?

Alcée, *bas à Damophyla.* Quoi ? C'est une formule de politesse !

Atthis. L'heureux élu s'appelle Kuprôs. C'est mon père qui l'a choisi. Il a des terres et de la fortune, et en plus c'est un bel homme, que demander de plus ?

Damophyla. C'est la personne parfaite, pour toi.

Atthis. Je le crois.

Damophyla. Mariez-vous au plus vite.

Atthis. J'y compte bien.

Alcée. Mais que dira Sapphô ? Elle semble si éprise...

Atthis. Ce qu'elle voudra, j'ai l'intention de la quitter.

Damophyla, *troublée.* La quitter ?

Alcée. Pour ne te consacrer qu'à ton mari ? Mais quelle est cette maladie qui vous frappe toutes ? C'est contagieux ? Éloignez-vous de moi !

Damophyla. Tu l'as dit à Sapphô ?

Atthis. Je lui dirai tout à l'heure.

Damophyla. Bien sûr, pas hier, pourquoi gâcher ta dernière soirée ?

Atthis. Cela devait bien arriver un jour, c'est arrivé plus tôt que prévu, il faut qu'elle s'y fasse. Je ne lui ai pas demandé de m'aimer comme ça. Elle se fait du mal. Je veux vivre et c'est tout. Sans pression.

Damophyla. J'aimerais ne jamais devenir comme toi.

Atthis. Cela tombe bien, ma chère, c'est réciproque.

Scène 3
ALCÉE, DAMOPHYLA, ATTHIS, SAPPHÔ

Sapphô. Pardonnez-moi, mes chères compagnes, la nuit a été courte.

Alcée. Comme à l'accoutumée, Sapphô !

Sapphô. Alcée, puis-je savoir ce que tu fais dans mon cercle avec mes disciples ?

Alcée. J'ai cru que tu annulerais à cause du défilé. Tes disciples y sont toutes.

Damophyla. Presque toutes.

Sapphô. Tu es seule, Damophyla ? Où est Atthis ?

Atthis. Je suis là, Sapphô.

Sapphô. Atthis...

Damophyla, *bas à Alcée.* Le poison a bien pénétré, elle ne voit qu'elle...

Alcée, *de même.* Si elle savait ce qui l'attend, hélas...

Sapphô. Pourquoi m'as-tu laissée seule au réveil, vilaine ?

Atthis. J'avais beaucoup à faire pour me préparer.

Sapphô. Mauvaise raison, tu sais que tu peux venir au cercle dans ton habit de tous les jours.

Atthis. Certes mais aujourd'hui, il y a le défilé.

Sapphô *(après un temps).* Alors tu t'y rends.

Atthis. Oui, j'y suis attendue.

Sapphô. *(après encore un temps)* Damophyla, Alcée, je vais vous demander de partir.

Alcée. Nous partons, Sapphô.

Damophyla. Mais enfin, nous ne nous sommes pas encore exercées aujourd'hui ! J'ai écrit un poème, j'ai composé sa musique, ne veux-tu pas les entendre ?

Alcée. Damophyla...

Sapphô. Je dois avoir un entretien particulier avec Atthis. De toute façon, nos compagnes sont absentes, tu peux y aller.

Damophyla. Autrefois, nous avions des entretiens particuliers. *(Elle sort brusquement. Alcée soupire de peine et sort à son tour.)*

Scène 4
ATTHIS, SAPPHÔ

Atthis. Il n'y avait pas besoin de congédier Damophyla, elle va encore me faire la tête pendant des jours.

Sapphô. Ce n'est pas mon souci.

Atthis. Si ce n'est pas ton souci, alors...

Sapphô. Pourquoi te rends-tu au défilé ?

Atthis. À ton avis ?

Sapphô. Tu m'avais dit que ton père ne voulait pas te marier maintenant.

Atthis. Oh, il n'en a pas envie, mais je l'ai convaincu.

Sapphô. Toi ?

Atthis. Oui, moi. Où est le problème ?

Sapphô. Si tu n'en vois pas, c'est sans doute qu'il n'y en a pas.

Atthis. Le ton de ta voix te trahit. Tu n'es pas contente. Pourtant tu es mariée, toi.

Sapphô. Eh, crois-tu que ce soit mon mari que j'aime ? Nous nous respectons, il sait ma passion pour toi et n'y met aucun obstacle. Comment puis-je m'assurer qu'il en sera de même pour le tien ?

Atthis. Tu as raison d'en douter, car il est fou de moi.

Sapphô. Comment ne pas l'être ? *(Un temps, Atthis sourit et continue de se faire belle)* Ne veux-tu pas arrêter cela ?

Atthis. Pourquoi tu veux que j'arrête ? C'est parce que je suis belle que tu m'aimes. Si j'arrête d'être belle, tu ne m'aimeras plus.

Sapphô. Tu es donc sensible à mon amour ?

Atthis. Après la nuit dernière, je ne sais pas ce qu'il te faut.

Sapphô. Le corps ne saurait se passer éternellement de l'âme. *(Elle se place derrière elle et la prend dans ses bras)*

Atthis. Si tu me tiens comme ça, je ne vais pas y arriver. *(Sapphô lui embrasse le cou)* Ce n'est pas que ce soit désagréable mais tu vas déranger toute ma coiffure. Tu n'en as pas eu assez ?

Sapphô. Je n'ai jamais assez de toi.

Atthis. Tu me dis ça aujourd'hui mais ce temps-là passe vite. Plus vite que tu ne le penses.

Sapphô. Que veux-tu dire ?

Atthis. Je ne sais pas dans quelle langue te le dire : la passion a une fin. Le cercle aussi a une fin. Tu me fais des promesses d'amour, tu cesses de voir en privé tes autres disciples, tu me parles de devenir plus tard cheffe du cercle. Tout cela n'est pas sain, tu veux quoi ? M'épouser ?

Sapphô. Non, je veux seulement...

Atthis. On a déjà bien assez des hommes pour nous brider. Si je suis venue au cercle, c'est pour ne pas l'être. Alors tes promesses d'amour, et tes projets d'avenir, je ne suis pas là pour ça. Tu devrais nous ôter nos chaînes, pas nous en mettre d'autres.

Sapphô. Atthis, mon dessein n'est pas celui-là, je t'aime, simplement. Je veux passer ma vie près de toi, te donner tout ce que j'ai. Quand je te vois, je tremble, je ne suis plus moi-même. Mais quand tes yeux daignent se tourner vers moi, je ne veux plus rien d'autre que ta douce présence... toi, juste toi. Atthis, je t'aime...

Atthis. Je comprends, Sapphô. Et j'ai de la peine de voir comme tout cela te fait mal.

Sapphô. Je le vois bien, tu ne m'aimes plus ; tes caresses, tes baisers, la nuit dernière, étaient pour me tromper.

Atthis. Je n'aime pas quand tu fais des conclusions par toi-même et que tu les formules de cette manière. Je t'ai dit ce que j'avais à te dire. Et je ne t'ai pas dit ça. Pense ce que tu veux. Maintenant je vais au défilé des vierges du printemps.

Sapphô. Attends ! Tu n'as pas fini de te préparer !

Atthis. Je finirai bien là-bas, ma mère pourra m'aider.

Sapphô. Demeure et moi, je t'aiderai.

Atthis. Pourquoi m'aiderais-tu ? Tu ne veux pas que j'y aille. Je préfère me fier à qui veut me voir réussir.

Sapphô. Est-ce une réussite, vraiment ? Le mariage ?

Atthis. Pour moi, c'en est une. Je peux y aller, maintenant ?

Sapphô. Va, brise-coeur.

Atthis. Je suis désolée. *(Elle sort. Sapphô respire lentement, la lumière s'éteint, son de lyre)*

Entracte 1
Le défilé des vierges du printemps

Scène 1
ALCÉE, ATTHIS, Les habitants de Lesbos

(On entend la musique du défilé. Nous sommes dans une plaine à Lesbos. Alcée arrive.)

Alcée. Lesbiens, lesbiennes, nous le savons tous mais le défilé nous le rappelle chaque année : nos femmes sont magnifiques ! La plupart vont trouver leur mari aujourd'hui ! Et pour commencer, je vous demande un tonnerre d'applaudissements pour notre magnifique Atthis !

(Entrée d'Atthis, Alcée rejoint les spectateurs)

Atthis. Merci. Merci à vous tous. Je suis fière d'être parmi vous aujourd'hui, fière d'avoir défilé parmi les vierges de Lesbos. Vous le savez, je l'ai dit déjà à plusieurs d'entre vous... je vais me marier !

Alcée. Bravo ! *(Applaudissements)*

Atthis. Celui à qui j'ai promis ma main se nomme...

(On entend plusieurs cris. Atthis s'interrompt et se tourne vers l'origine du bruit.)

Scène 2
ALCÉE, ATTHIS, CHRYSIS, Les bacchantes, les habitants

(Entre Chrysis, un glaive à la main, elle vient le mettre sur la gorge d'Atthis. Alcée avance vers elle. Chrysis tient

fermement sa proie. Elle s'adresse au poète qui veut libérer Atthis.)

Chrysis. Ne bouge pas, Alcée de Mytilène ! Ou j'ouvre sa jolie gorge.

Atthis. Je vous en prie, lâchez-moi !

Alcée. Qui êtes-vous ?

Chrysis. Nous sommes les prêtresses de Bakkhos, courant parmi les terres et voguant sur les mers. Nos guerrières sont femmes, nous allons les chercher dans toute la Grèce, nous sommes...

Alcée. Les Bacchantes !

Chrysis. Écoutez-moi bien, habitants de Lesbos ! Je suis Chrysis, première stratège des Bacchantes. Je sers Urcydie, la petite-fille de Kadmos, la vainqueresse d'Orphée, l'Immortelle Maîtresse des Bacchantes. Tremblez devant son nom millénaire ! Nous avons pris des filles dans les villages de Thrace, pris des filles à Athènes, sur le mont Atos, chez les Maures, dans les Indes ! Aujourd'hui, c'est Lesbos qui payera son tribut ! *(Elle jette Atthis hors scène et sort)*

ACTE 2
L'embarcadère

Scène 1
CHRYSIS, SAPPHÔ

(Bruit de la marée. Le bateau des bacchantes s'apprête à appareiller. Chrysis est encore à terre.)

Chrysis. Cinquante et pas une de plus ! À mon signal, vous lèverez l'ancre !

(Entre Sapphô)

Sapphô. Arrêtez, bacchantes !

Chrysis. Sapphô ! Nous n'avons pas le temps pour les adieux.

Sapphô. Vous ne pouvez pas emmener ces filles.

Chrysis. Qui es-tu pour t'opposer à la volonté de Bakkhos ?

Sapphô. Je suis prêtresse, comme vous. Je sers Aphrodite, la Beauté. Certaines de ces filles la prient avec moi. Vous ne pouvez les convertir de force ! La déesse ne le souffrira pas !

(Chrysis s'approche lentement de Sapphô)

Chrysis. Regarde-moi bien, Sapphô de Mytilène. J'ai été prêtresse d'Aphrodite. J'étais première prêtresse sur mon île. Lorsqu'Urcydie est venue me chercher, je me suis convertie. La beauté et l'amour se convertissent sans peine au vin et à la débauche. La beauté boit parce qu'elle se fane. L'amour s'adonne au sexe pour rester en vie. Tes disciples aussi se convertiront dans nos bacchanales.

Sapphô. Tu mens ! Aphrodite nous sauvera !

Chrysis. Elle n'a pas sauvé ton amour, Sapphô. *(Sapphô se raidit)* Oui, la gamine a fait des confidences. Crois donc en Aphrodite, elle te sert si bien ! *(Elle monte sur le navire)* Levez l'ancre !

Scène 2
SAPPHÔ

Sapphô. Non, non ! Atthis ! *(Elle s'effondre en larmes tandis que le bateau s'éloigne)*

(Le soleil tombe doucement, on entend la marée.)

STANCES DE SAPPHÔ N°1

Il me paraissait, Atthis, l'égal des dieux
L'homme qui pouvait me vouer au malheur
T'avoir à son bras, t'emmener vers les cieux,
Il y a une heure.

Les griffes d'Urcydie ont signé ta perte
Tu es sur l'océan, future bacchante
Et toi partie, Atthis, je demeure inerte
Une âme dormante.

Je devrais, sage, te laisser naviguer
Rester libre, sans chaîne, sans mon amour
Et te regarder à jamais t'éloigner
Jusqu'au dernier jour.

Va t'en Aphrodite, oublie mes libations,

Nettoie sur mes joues le brillant incarnat
L'amour j'y renonce alors finissons ;
J'attends Athéna.

Je ne suis pas sage et j'ai besoin de toi
Je devrais rester, je ne veux que partir
J'aime à en mourir qui ne veut pas de moi
C'est là mon martyr.

Immense Athéna, si ton pouvoir est grand
Délivre-moi d'elle ou offre ta sagesse
Fais-moi héroïne ou tue ce cœur vibrant,
Je suis ta prêtresse.

Ou pour la retrouver, donne-moi la force
De franchir les marées, de lever les armes
Déesse aux yeux gris, bombe vers moi ton torse,
Recueille mes larmes.

Scène 3
SAPPHÔ, ATHÉNA

(*Une musique olympienne retentit et la déesse de la sagesse, Athéna, fait son entrée, majestueusement. Elle ramène le jour, une lumière aveuglante l'accompagne. Sapphô, impressionnée, n'ose plus bouger*)

Athéna. Je viens à ton appel, tisseuse de violettes
Et tandis qu'Aphrodite avance à l'aveuglette,
Je serai la lumière au devant de tes yeux
Pour guider ta conscience en ces jours périlleux.
Ton ancienne déesse en tout point excessive
Ne te dictera plus sa prose subversive.
J'ai répandu le bien et formé des héros

Qui ont tous triomphé de leurs plus grands rivaux.
Tu pourras avec moi connaître l'équilibre,
Le seul donne au Grec le moyen d'être libre.

Sapphô. Ô glorieuse Athéna, qui es de si bon conseil,
apprends-moi comme je puis oublier Atthis, et devenir
sage.

Athéna. La sagesse, Sapphô, tournée vers le présent
Ne regarde jamais le chemin séduisant,
Et n'est point attachée à la vision future
C'est pourquoi on la voit dans l'âme la plus mûre.
Toi qui depuis toujours choisit la passion,
Je ne puis réformer tant d'obstination,
Ce serait pour Sapphô une lutte insincère
De faire d'elle-même un si grand adversaire.

Sapphô. Dans ce cas, apporte-moi ton aide pour délivrer
Atthis des griffes d'Urcydie.

Athéna. Je te sais sans mentir l'esprit aventurier
Mais tu es poétesse et non pas un guerrier,
Ton rôle est d'éduquer avant que de te battre
Et d'enseigner le chant, la danse et le théâtre.
L'usage de la force au seul mâle revient,
C'est à ce sexe seul que le combat convient,
Sous mon règne jamais on ne verra de femmes
Entraînées par mes soins pour manier les lames.

Sapphô. Il est vrai, j'eus l'audace d'imiter les plus grands.
J'ai crée mon cercle, j'ai aimé des femmes contre l'avis des
hommes ; j'ai ignoré leurs limites et leurs lois. C'est
pourquoi je me tiens devant toi et que tu es venue pour

moi ; c'est pourquoi je dois mourir ou devenir héroïne.

Athéna. Psyché fut héroïne avant que tu ne sois
Aphrodite y veilla, la défiant trois fois ;
Si tu veux l'imiter pour me donner la preuve
Que toi aussi tu peux triompher d'une épreuve,
Sache que l'ennemie aux griffes acérées
A laissé en Lydie des villes massacrées,
D'Eurydice elle a pris son immortalité,
L'acte était si abject qu'on ne l'a plus cité.
C'est un monstre affamé que mon frère imbécile,
Dionysos, a formé dans son âme indocile.

Sapphô. Tu me refuses l'épée, alors je la vaincrai par les mots. Je triompherai d'elle au moyen de ma lyre.

Athéna. Es-tu prête à mourir, Sapphô de Mytilène ?
Souviens-toi bien du sort qu'on fit à Polyxène
Lorsque devant les Grecs, pour demander asile
Elle osa se montrer sur le tombeau d'Achille.

Sapphô. On la brûla, cette amoureuse ! Eh bien, qu'on me brûle, si l'on m'enlève Atthis !

Athéna. Tu verras ton Atthis ô toi, femme de cœur,
Mais prends garde Sapphô, si tu cèdes à la peur,
Si tout près du moment d'affronter Urcydie
Ton bras venait tromper ta généreuse envie,
Je répandrais le bruit que la belle Sapphô
Pour l'amour d'un jeune homme a pu faire le grand saut,
Et ta main signerait une légende noire
Que tous les gens lettrés s'aviseront de croire,
On dira qu'Aphrodite avait forgé Phaon,
Qu'il exerça sur toi la plus grande attraction ;

Que le voyant avoir tes disciples à son aise,
Tu te jetas pour lui du haut de la falaise.

Sapphô. Mourir pour un homme, jamais ! Avec une telle condition, crois-moi, ô Athéna, je ne reculerai pas ; car l'humiliation serait telle que je voudrais mieux qu'on m'oublie et qu'on brûle mes vers !

Athéna. Les femmes dans ce monde ont la deuxième place,
Si tu veux te hisser et obtenir ma grâce,
Goûter avec qui t'aime un avenir certain,
Reviens victorieuse, accomplis ton destin.
Si tu le veux toujours, va t'en sur la jetée
Rejoindre le bateau de ton ami Alcée.
Le vent t'apportera ton rêve audacieux.
À présent, je repars, reçois mes adieux.

(Athéna sort, accompagnée de sa musique olympienne.)

Sapphô. Est-ce que j'ai trop vécu ? Sans doute pas assez. Atthis, voilà ma vie, prends-la et si tu le désires, jette-la dans la mer. *(Elle sort)*

Entracte 2
Les bacchantes mettent pied à terre

Scène 1
ATTHIS, CHRYSIS

L'île de Cythère. Le bateau d'Urcydie s'est arrêté à l'abri des regards pour chasser avant de repartir vers la Lydie. Sapphô et les autres ont suivi, guidés par Athéna. Une partie de forêt. Chrysis entre avec Atthis. Cette dernière tremble de peur.

Chrysis. Cet endroit sera parfait, arrêtons-nous ici. *(Elle s'immobilise et croise les bras)*

Atthis. Est-ce que vous allez m'exécuter ? *(Un temps)* Ne faites pas ça, je peux vous être utile. Ma famille a de nombreux biens, des terres, et beaucoup d'argent. Si vous m'épargnez, il y aura une récompense.

Chrysis. Ferme-la.

Atthis. Vous pourriez avoir des armes, et des navires !

Chrysis, *lui attrapant les cheveux*. Je t'ai dit de la fermer ! *(Atthis, à travers ses larmes, fait oui de la tête. Chrysis lâche ses cheveux)* Reste là et attend. *(Chrysis s'éloigne un peu et sort sa machette, Atthis ferme les yeux, croyant qu'elle va lui trancher le cou bientôt mais à la place Chrysis brandit son arme et crie)* Évohé ! Évohé ! *(Bruits de pas derrière Atthis. Chrysis s'adresse à Atthis :)* Elle arrive. Ne te retourne pas. Ne la regarde jamais dans les yeux. *(Atthis, paniquée, fait oui de la tête)*

Scène 2
ATTHIS, CHRYSIS, URCYDIE

(Au fond de la scène, on voit apparaître Urcydie. La respiration d'Atthis s'accélère.)

Urcydie. Évohé.

Chrysis. Évohé. *(Elle se tourne vers Atthis)*

Atthis. Évohé...

Urcydie. Je suis Urcydie, maîtresse des Bacchantes, vainqueresse d'Orphée, esprit de la forêt et semi-immortelle. Et toi, qui es-tu ?

Atthis. Je suis Atthis, fille de Mélanchros...

Chrysis. Ça suffira.

Urcydie. Tu as été bénie d'Aphrodite, Atthis. Tu es belle. La plus belle parmi toutes celles qui seront bientôt des nôtres. Cette beauté te donne un destin différent. Grâce à toi, lorsque j'ouvrirai les portes du Tartare, le Titan Japet me donnera ce que je désire. Sais-tu ce que je désire, Atthis, fille de Mélanchros ?

Atthis. Non.

Urcydie. Rejoindre les Olympiens et devenir Immortelle, comme le veut mon Destin. Cette nuit, tu participeras à notre bacchanale. Et tu deviendras bacchante. Maintenant retourne-toi et regarde-moi dans les yeux.

Chrysis. Mais Urcydie, c'est contraire à la règle, elle n'est pas encore des nôtres... ! *(Urcydie se tourne vers Chrysis. En un regard, elle comprend)* Très bien.

(Atthis se retourne, hésitante et croise le regard de la maîtresse des bacchantes)

Urcydie. Oui. Aphrodite t'a choisie comme Bakkhos m'a choisie. Tu en régaleras, plus que tu n'imagines. Rejoins les autres.

(Atthis se retourne lentement et s'éloigne)

Scène 3
CHRYSIS, URCYDIE

(Urcydie se tourne vers Chrysis qui s'agenouille)

Urcydie. Comme tu es forte, Chrysis.

Chrysis. J'ai prié Aphrodite toute ma vie, j'ai été la plus illustre de ses prêtresses. Je pensais que c'est à moi que tu réserverais cet honneur.

Urcydie. Ce que Japet prend, il ne le rend pas. N'as-tu jamais songé que je voudrais te garder près de moi ?

Chrysis. *(Elle se relève)* Tu as des centaines d'années. On se lasse de tout. Bientôt tu te lasseras de moi.

Urcydie. Zeus s'était-il lassé de Ganymède ? Aphrodite s'était-elle lassée d'Adonis ?

Chrysis. Tous deux sont morts en voulant plaire à leur dieu. Ainsi voudrais-je mourir, en te plaisant.

Urcydie. Alors plais-moi en restant en vie. Tant pis pour Atthis.

Chrysis. A t-elle seulement un nom ?

Urcydie. Sapphô lui en a donné un.

Chrysis. Sapphô... tu veux dire... ?

Urcydie. Elle est ici, à Cythère. Elle a débarqué avec ses amis. Elle veut sa favorite.

Chrysis. Est-ce que j'envoie les troupes ?

Urcydie. Non. Envoyons-lui Atthis plutôt, une fois que nos convives l'auront baptisée. Que nos soldates rejoignent les filles de la Terre, qui ont creusé pour nous pendant ces longues années. Le passage vers les Enfers est à présent terminé, demain matin, j'emprunterai le long tunnel. Tu y conduiras Atthis à ma suite. *(Elle prend le menton de Chrysis)* C'est presque terminé. Bientôt, un des dieux devra me céder la place. *(Elle l'embrasse et sort)*

ACTE 3
Cythère

Scène 1
ALCÉE, DAMOPHYLA, SAPPHÔ

(Feu de camp au centre. Alcée joue de la lyre. Damophyla écoute, près de Sapphô, elle pose sa tête sur les genoux de Sapphô qui a un geste pour la repousser mais finalement y renonce, préférant lui caresser les cheveux.)

Alcée. (*jouant de la lyre*) En effet, quel malheur, d'être un homme !
Que ne suis-je à la place une lyre,
Au soleil pour y mieux reluire,
D'ivoire brillante et scintillante,
Sous les seins des belles débutantes
Que ne suis-je en or fin lesbien
Un bijou je jouerais fort bien
Pour briller de splendeurs olympiennes
Près du cou des belles Lesbiennes.

Damophyla. Bravo, je ne te félicite pas, un parfait satyre ! N'est-ce pas Sapphô, que c'est un satyre ?

Sapphô. *(riant)* Et moi, que suis-je alors ?

Damophyla. Il veut avoir toutes les femmes ! *(Sapphô hausse les épaules, s'accusant du même penchant)* Ah vous me fatiguez tous les deux ! Et dire que nous faisons tout ce voyage pour aller chercher une fille du même acabit !

Alcée. Tu n'étais pas obligée de venir.

Damophyla. Non, pas du même acabit, elle veut aussi tous les hommes. C'est pire.

Sapphô. Arrête, Damophyla.

Damophyla. Parfois, je me demande comment on peut aimer les hommes.

Alcée. Oui, je reconnais que je n'ai jamais compris, cela. Je demande parfois à mes maîtresses, elles me disent que c'est physique ; et je comprends d'autant moins parce pour moi, je ne vois pas ce qu'on peut désirer chez un homme, surtout un barbu ; vraiment, je ne comprends pas. Pourtant, à Athènes, ils adorent. Mais bon, regarde, moi, j'adore les olives et je déteste les crustacés. Nous avons vu en Sicile certains Lydiens qui avaient horreur des olives et qui passaient leur temps à manger du crabe. Et il y a même des gens qui assaisonnent leurs crustacés avec des olives. Atthis fait partie de ces gens-là.
(Damophyla le regarde un instant avec dédain et s'éloigne.)
Quoi ? Mais qu'est-ce que j'ai dit ?

Sapphô. Je vais lui parler. Profite-en pour écrire mon voyage, on ne sait jamais, je pourrais ne pas y survivre.

Alcée. Oh, Sapphô, ne dis pas d'absurdités ! *(Regard de Sapphô)* Bon, très bien ! *(Il commence à écrire.)*

(Sapphô se rapproche de Damophyla)

Sapphô. Je sais ce que tu penses d'elle.

Damophyla. Et pourtant je suis là.

Sapphô. Et pourtant tu es là. Pourquoi ?

Damophyla. Pour toi.

Sapphô. Tu n'étais pas obligée. Je n'ai rien fait pour le mériter.

Damophyla. Et pourtant je suis là.

Sapphô. Atthis t'avait-elle dit qu'elle me quittait ?

Damophyla. Juste avant que tu n'arrives.

Sapphô. Je craignais Androméda.

Damophyla. Elle se fiche d'Androméda.

Sapphô. Elle l'embrassait souvent.

Damophyla. Pour jouer avec toi, c'est tout. Comme elle joue avec ta peur des hommes.

Sapphô. Je n'ai peur d'aucun homme !

Damophyla. Tu as peur qu'ils te la prennent, donc tu as peur des hommes. Elle joue avec ta peur.

Sapphô. Elle est immature.

Damophyla. Peut-être, peut-être aussi que ce qui est immature c'est de l'aimer.

Sapphô. Pourquoi cela ?

Damophyla. Parce qu'elle ne t'aime pas, et qu'aimer quelqu'un qui ne nous aime pas, c'est se détester soi-même.

Sapphô. Peut-être que tu dis cela par jalousie.

Damophyla. Peut-être.

Sapphô. Ou parce que tu te détestes.

Damophyla. Peut-être.

(Un silence. On entend quelqu'un passer rapidement derrière la scène)

Sapphô. Qu'était-ce ?

(Alcée se redresse)

Alcée. Si ce sont les bacchantes, il faut partir !

Sapphô. Non, je connais ce pas ! *(Nouveau passage de l'ombre)*

Damophyla. Atthis.

Sapphô. Tu l'as reconnue toi aussi !

Damophyla. Réflexe de survie.

Sapphô. Elle s'éloigne ! *(Elle veut partir)*

Alcée. N'y va pas, Sapphô, c'est un piège ! *(Sapphô sort)*

Damophyla. Elle s'est enfoncée dans la forêt.

Alcée. Prenons des torches, et tenons-nous prêts à les éteindre si on nous repère.

Scène 2
SAPPHÔ, ATTHIS

(Dans la forêt, Sapphô arrive en courant, elle reprend son souffle. Elle entend un rire et se retourne.)

Voix d'Atthis. Sapphô, où est ta légendaire prudence ?

Sapphô. L'aimée ne peut frapper son amante.

Voix d'Atthis. Rien n'est plus faux, ma tendre Sapphô.

Sapphô. Apparais, Atthis, cesse ce jeu ! Es-tu blessée ?

Voix d'Atthis. C'est toi qui es blessée...

Sapphô, *allant à jardin.* Tu es ici, je t'ai entendue !

Voix d'Atthis. Essaie encore...

Sapphô. Vais-je passer ma vie à te poursuivre ? Atthis !

Atthis, *entrant*. Je suis là, Sapphô.

Sapphô, *courant vers elle*. Atthis !

(Elle va la prendre dans ses bras. Inexplicablement, Atthis l'embrasse, comme cela dure, Sapphô la repousse et Atthis s'élance vers elle pour recommencer)

Sapphô. Que fais-tu ? As-tu changé de sentiment pour moi ?

Atthis. Qui te parle de sentiment, Sapphô ? Si tu n'as pas mon cœur, contente-toi de mes lèvres. *(Elle tente à nouveau de l'embrasser mais Sapphô la repousse)*

Sapphô. Je suis venue t'aider à te sortir des griffes des bacchantes, et rien d'autre. Tu ne veux plus de moi et je le sais ! Ne sois pas cruelle ! C'est déjà trop pour moi de t'avoir perdue !

Atthis. Parce qu'en plus il faudrait te dire « je t'aime » pour pouvoir t'embrasser ? Pour la libertine que tu es je te trouve bien inaccessible. Est-ce que Mika t'a dit « je t'aime » ? Et Gorgô, elle te l'a dit ?

Sapphô. Oui, elles me l'ont dit ! Seule toi, tu t'y es refusée ! Et aujourd'hui je comprends bien pourquoi ! Je t'en prie, laisse-moi à présent !

Atthis. Si tu savais, Sapphô, comme les bacchantes savent mieux jouir que nous ! T'es-tu déjà trouvée dans une bacchanale ? On y mange, on y boit et on y fait l'amour plus qu'un Grec ne pourrait pendant toute une année ! Des carcasses entières traversées par des broches de six pieds de long cuisent au dessus du feu, l'herbe est décolorée par des ruisseaux de vin qui nous collent les jambes lorsque nous nous vautrons, trois, quatre, cinq ou six, les uns dessus les autres, sans distinguer personne, sans les vouloir connaître ! Et nous sachant traquées, condamnées à court terme, nous défions la mesure, brisons toute harmonie, grouillons comme des vers, hurlons tout notre soûl ! On vous verse du vin et on le boit sur vous, une main vous attrape, une main vous entraîne ; une bouche se pose, aspire votre peau, ; des hommes, des femmes, on vient à les confondre ! Qu'importe de les voir pourvu qu'on ait la joie ! Les premiers repus mangent avant de continuer ; je désire y aller mais je ne peux m'extraire tant on me demandait ; l'on disait encore moi ! Quelle chair ô Atthis, quel parfum, quel délice ! Je restai, j'étais reine ; on ne refusait rien pour mon plaisir extrême ! Rien n'était impossible ! Je n'arrêtai qu'à l'aube, conquise pour jamais. Sapphô, dis-moi, enfin, que nous vaut de vieillir ? Pourquoi nous conserver ? Brûlons comme une étoile, répandons nos essences ! Cessons rien qu'un instant de nous croire des dieux !

Sapphô. J'étais blessée, me voilà morte. Pars, cruelle, cesse de me tourmenter. La chair me fait horreur, je ne veux plus aimer. Va t'en, va t'en !

Atthis. Est-ce donc si cruel, la jouissance d'autrui ?

Sapphô. Je veux disparaître au sein de la forêt.

Atthis. Après tout ce chemin pour venir me chercher ?
(elle l'entoure de ses bras)

Sapphô. Atthis... Atthis, lâche-moi je t'en prie, je t'en supplie... *(Tandis que Sapphô pleure, Atthis la relâche et s'éloigne, jusqu'à sortir)*

Scène 3
SAPPHÔ

STANCES DE SAPPHÔ N°2

Je respire mal, de dégoût suis saisie
Quand j'entends Atthis se donner au troupeau,
D'inconnus **mu**ets que rien ne rassasie,
Pas même sa peau.

Ô nuit, triste nuit, qui me laisse mourir
Si loin de chez moi, victime de l'amour,
Car je l'aime encore et souffrirais bien pire,
Aimant sans retour.

Quand la nuit descend, chacun dans son foyer
Trouve son repos entre les bras des siens,
Moi qu'on sacrifie, le feu me fait ployer,
Me brûle le sein.

Parle donc, sagesse, apprends-moi à haïr
Qui me veut du mal sous des traits de déesse,
Façonne Sapphô qu'on ne peut plus trahir,
Finis ma détresse.

Des plaisirs d'autrui, apprends-moi d'en j**ou**ir

Fais-moi désirer toute saveur nouvelle,
De la jalousie, défais-moi pour gravir
Ma joie éternelle.

Scène 4
SAPPHÔ, URCYDIE et les bacchantes

(Urcydie entre, couronnée, armée de longues griffes de fer. Elle est accompagnée de sa suite.)

Urcydie. Sapphô de Lesbos en personne. Quel honneur de te trouver sur nos pas.

Sapphô. Urcydie !

Urcydie. Bien. Nous nous connaissons l'une et l'autre par la renommée. Mais ce qui présentement me chagrine pour toi, c'est qu'après ta disparition, nul poète ne sera assez grand pour prétendre écrire ton épitaphe.

Sapphô. C'est pourquoi je suis venu l'écrire moi-même si tu ne libères celles que tu as enlevées sur notre île.

(Les bacchantes se placent derrière Sapphô)

Urcydie. Je suis donc bien devenue une déesse, puisqu'on vient me faire des sacrifices. Mais je suis lasse de tuer des femmes, il y en a trop peu dans ce monde qui laissent l'espoir à leur sexe d'être autre chose qu'un réservoir d'esclaves. Ne m'oblige pas à ôter de ce monde une perle si rare.

Sapphô. Je me passerai de ton mépris. Ma vie ne m'est plus chère, alors je te parlerai sans crainte. C'est Athéna qui m'a guidée vers toi, et je suis le dernier rempart entre toi et sa colère.

Urcydie. Athéna! Voyons, la guide des héros ? Celle qui ne jure qu'en l'homme ? Toujours en l'homme ? Cette déesse-là te prête sa puissance ? *(Les bacchantes tourmentent Sapphô en la poussant)* Voyons... où est ton glaive ? Et ton bouclier, où est-il ? Et ta lance, poétesse ? S'est-elle perdue en chemin ? Veux-tu l'une de mes griffes ? Ou les deux, pour que le combat soit égal ? Je n'ai besoin que de mes deux mains nues pour te déchirer le visage. Qu'attends-tu ? *(Les bacchantes jettent Sapphô au sol)*

Sapphô. *(à genoux, relevant la tête vers Urcydie)* Garde-toi de parler comme un homme, cela t'enlaidit.

Urcydie. Et toi, cesse de courir après une femme, tu leur ressembleras moins.

Sapphô. Une femme ? *(Sapphô se relève)* Je veux que tu libères toutes les prisonnières.

Urcydie. Tu parles de mes soldates ? Celles que je nourris, protège et guide ?

Sapphô. Atthis n'est pas ta soldate.

Urcydie. Atthis s'est très bien intégrée à la dernière bacchanale. Elle en redemandait.

Sapphô. Tu oses prononcer son nom ? *(Elle veut se jeter sur Urcydie mais les bacchantes la retiennent)*

(Urcydie étend sa griffe sous le cou de Sapphô)

Urcydie. Ne m'oblige pas à te tuer. Pense à Atthis. Ce serait terrible pour elle de voir mourir une des siennes. Et la Grèce perdrait beaucoup. Rentre sur ton île prier

Aphrodite, ou Athéna si tu le veux, et laisse les prêtresses de Bakkhos vivre en paix. *(Elle s'éloigne)*

Sapphô. Bakkhos ne soutient aucune violence !

Urcydie *(se retournant)*. C'est vrai. Disons plutôt « les prêtresses d'Urcydie » alors.

Sapphô. Tu te crois donc une déesse ? *(Urcydie fait un signe de tête vers les bacchantes. L'une attrape Sapphô et la maintient. L'autre lui assène plusieurs coups dans le ventre. Urcydie finit par la stopper)*

Urcydie. Je suis une déesse, il y a des centaines d'années que je vis. J'ai pris mon immortalité du corps d'Eurydice quand je l'ai tuée ; ainsi j'ai vaincu Orphée et répandu la terreur en Thrace. Mon nom a fait trembler des générations d'hommes et de femmes. Ne brise pas ta vie, tisseuse de violettes. Considère qu'Atthis est morte pour toi. Je t'épargne cette fois. Mais sache que je n'épargne jamais quelqu'un deux fois. Rentre à Lesbos. *(Urcydie quitte les lieux, suivie de sa suite)*

Scène 5
SAPPHÔ *puis* ALCÉE

(Sapphô, essoufflée, a les jambes qui flanchent. Elle est épuisée et, n'arrivant plus à se soutenir, tombe sur le sol)

Sapphô, *frappant le sol*. Atthis !

(Une lumière apparaît sur le bord de la scène et Alcée entre)

Alcée. Sapphô ! C'est toi ! Je l'ai trouvée, Damophyla ! Je l'ai trouvée !

Entracte 3
Urcydie aux Enfers

(Dans les entrailles de la terre, Urcydie a descendu un grand escalier construit par les bacchantes, elle a traversé le Champ des pleurs sans attirer l'attention de Cerbère puis la plaine des soldats. La porte du Tartare était ouverte. Les âmes errantes, effrayées, l'ont laissée passer. Elle arrive face à la prison de Japet, sous la terre.)

Voix de Japet. Je savais que tu viendrais, Urcydie.

Urcydie. Tes messagers m'ont conduite ici. Tu connais mon projet, Japet. Je veux une arme capable de percer le corps d'un dieu.

Voix de Japet. Et tu crois que je t'aiderai pour assouvir ma seule vengeance ? Tu n'es pas assez forte pour nous libérer. Personne ne peut vaincre Zeus. Les Titans sont et resteront prisonniers à jamais.

Urcydie. Un jour j'aurai cette puissance. Mais aujourd'hui, je viens te demander cette arme. Vous seuls connaissez les secrets des cyclopes hormis eux-mêmes. Prends cette griffe et rend-la capable de tuer Athéna.

Voix de Japet. Regarde Urcydie.

Scène 2
ATTHIS, CHRYSIS, URCYDIE, Voix de JAPET, Ombre de SAPPHÔ

(Il fait apparaître l'ombre de Sapphô, les mains jointes, elle regarde tristement vers Atthis.)

Atthis, *bas.* Sapphô...

Urcydie. Encore cette Sapphô ? J'aurais dû la tuer quand j'en avais l'occasion.

Voix de Japet. Athéna a choisi cette femme pour t'arrêter, elle connaît le Destin mieux que toi. Tu échoueras à prendre le pouvoir que tu convoites.

Urcydie. Les dieux ont-ils prévu que je serais choisie par Dionysos ? Ont-ils prévu que je survive à sa vengeance lorsque nous terrassâmes Orphée ? Ont-ils prévu que je franchirais la porte des Enfers jusqu'à toi ? Forge pour moi cette arme, tu as tout à gagner et rien à perdre.

Voix de Japet. Si tu n'as rien de concret à me donner, je crains que tu aies fait tout ce chemin pour rien.

Scène 3
ATTHIS, CHRYSIS, URCYDIE, Voix de JAPET

(L'image de Sapphô disparaît. Urcydie se retourne vers Chrysis qui saisit le bras d'Atthis.)

Atthis. Urcydie, que fais-tu ?

Urcydie. Japet, reçois de mes mains l'élue d'Aphrodite, surpassant en beauté toutes les femmes de Lesbos, l'aimée de Sapphô.

Atthis. Urcydie, non, je t'en prie ! Je suis une bacchante, je suis une bacchante ! Je te servirai fidèlement ! Je me suis donnée à toutes ! Épargne-moi ! *(Elle pleure.*

Voix de Japet. Je prendrai l'élu d'Aphrodite. *(Chrysis* *commence à emmener Atthis en la traînant)*

Atthis. Non, non, je vous en supplie !

(Elles arrivent tout près du gouffre. Chrysis se tourne vers Urcydie)

Chrysis. Pour la beauté. *(Elle jette Atthis loin du gouffre, l'expression d'Urcydie change soudainement vers la peur.)* Et pour l'amour.

Urcydie. Arrête, Chrysis, arrête !

Scène 4
ATTHIS, URCYDIE, Voix de JAPET

(Chrysis se jette dans le gouffre. Urcydie se jette à terre, laissant tomber ses griffes. La lumière vient illuminer les deux armes) Non ! Non ! *(Atthis, tombée assise, regarde Urcydie avec horreur. Elle veut s'approcher.)*

Atthis. Tu m'aurais laissée mourir ? Tu m'aurais laissée ? *(Pas de réponse, elle sanglote. Pendant ce temps, la lumière disparaît sur les griffes. Urcydie les regarde, les saisit et se relève)*

Urcydie. Elles n'ont pas changées ! Traître ! Qu'est-ce qui me prouve qu'elles ont changé ?

Japet. Tu le verras le moment venu.

Urcydie. J'aurais tellement voulu... *(elle s'approche du gouffre, s'accroupit et plante sa griffe dans le Titan)* te faire confiance. *(Un horrible hurlement envahit la scène. Japet vient d'expirer. Chrysis gît, sans vie. Après l'avoir*

un instant regardée, Urcydie relève la tête vers le public)
Parfait, Athéna. Puisque tu as choisi la poétesse pour
messagère *(elle pointe sa griffe vers l'endroit où se tenait
l'ombre de Sapphô, qui réapparaît)*, je te forcerai à te
montrer. *(Elle plante sa griffe dans l'ombre de Sapphô qui
s'effondre au sol)* Je t'attends, déesse de la guerre. *(Elle
montre sa griffe au public. Atthis porte la main à sa
bouche, épouvantée.)*

ACTE 4
Le col du Mont Tmolos

Le navire a déposé Sapphô. Damophyla la suit en secret. Notre héroïne se dirige vers les pentes du mont Tmolos où les bacchantes ont élu domicile.

Scène 1
DAMOPHYLA *puis* ALCÉE

Damophyla, *seule*. Le col n'est praticable que par ici. Sapphô passera à cet endroit. *(Elle cherche un endroit où se cacher, tandis qu'elle vient de le trouver, elle entend une voix)*

Alcée. Damophyla !

Damophyla. Que fait-il ici ?

Alcée. Damophyla, je t'en conjure !

Damophyla. Va t-en Alcée ! Sapphô va venir, je ne veux pas qu'elle me voie !

Alcée. Damophyla, je t'en conjure, ne la suis pas ! C'est une folie sans nom où elle s'engage ! Je n'y vois rien que la volonté de se suicider ! Tu mourras toi aussi si tu vas au campement des bacchantes !

Damophyla. Comment sais-tu que je compte m'y rendre ?

Alcée. Je te connais ! Rien de raisonnable n'est jamais sorti de ta tête ! Une intelligence à toute épreuve mais pas une once de prudence !

Damophyla. Je la laisserai se faire tuer ?

Alcée. Elle se fera tuer ! Urcydie est la maîtresse des bacchantes, elle a tué de redoutables guerriers grecs, et c'est une immortelle !

Damophyla. Eh bien, le nom de Sapphô et le mien seront immortels. *(On entend venir quelqu'un)* Cache-toi Alcée, on vient ! *(Alcée rejoint Damophyla)*

Alcée. C'est Atthis !

Scène 2
DAMOPHYLA, ALCÉE (cachés), ATTHIS, SAPPHÔ

(Atthis entre d'abord seule, se mettant sur le chemin de Sapphô. Sapphô elle-même arrive peu après et voit Atthis.)

Atthis. Sapphô, tu n'aurais pas dû venir.

Sapphô. Il est trop tard maintenant, pour l'amour de toi, j'ai fait cette promesse à Athéna. Je suis venue mourir honorablement.

Atthis. Tu n'as pas besoin de mourir, Sapphô.

Sapphô. Je sais ce qu'on dira si je recule. On dira que j'aimais un homme, qu'il me désespérait et que je me suis suicidée pour lui. Athéna m'a mise en garde. Oui, je vais mourir mais ce sera pour toi.

Atthis. Ne mets pas cela sur ma conscience ! Que t'importe ce qu'on dira après ta mort ? Seras-tu là pour le voir ? Laisse le futur en paix et sauve ta vie !

Sapphô. Le futur seul m'importe, je n'ai plus de présent.

Atthis. Je ne veux pas que tu meures !

Sapphô. Tu tiendrais donc à moi ?

Atthis. Mais oui, je tiens à toi ! Renonce à cette folie !

Sapphô. Tu m'aimes donc ?

Atthis. Pourquoi me demander cela maintenant ? Parce que tu sais ce que je vais répondre ?

Sapphô. Je savais que tu dirais cela. Adieu, Atthis. *(Elle veut partir)*

Atthis. Sapphô, arrête ! Je t'en prie, je t'aime ! *(Sapphô se retourne vers Atthis)*

Damophyla, *à part*. Les moires tiennent mon fil. Réponds-lui moi aussi, et je disparaîtrai.

Sapphô. Viendrais-tu avec moi ?

Atthis. Si je fais cela, nous mourrons toutes les deux.

Sapphô. Alors je préfère mourir seule. Ne dis plus un mot. Tel est le véritable amour, vivre, et mourir pour qui l'on aime. *(Elle sort)*

Atthis. Sapphô ! Demeure ! Sapphô !

Scène 3
ALCÉE (caché), **ATTHIS, DAMOPHYLA**

(Damophyla apparaît derrière Atthis)

Damophyla. Voilà où tu la mènes. Tout droit vers la mort. Mais elle n'ira pas seule.

Atthis. Damophyla ! Fais-la renoncer à son projet, cours, rattrape-la !

Damophyla. C'est amusant, Atthis, je m'apprête à faire exactement le contraire. Je veux que tu vives en songeant à ce que tes vanités, tes manipulations et tes cruautés ont causé. Je vais suivre le dernier enseignement de ma maîtresse. Vivre, et mourir, pour qui j'aime. *(Atthis regarde Damophyla dans les yeux, et voyant qu'elle ne cédera pas, tourne les talons. Alcée sort à son tour de la cachette)*

Scène 4
DAMOPHYLA, ALCÉE

Alcée. Damophyla, arrête !

Damophyla. Qui te crois-tu être pour m'empêcher de partir ?

Alcée. Tu vas mourir, Damophyla !

Damophyla. Soit.

Alcée. Pour une femme qui ne t'aime pas.

Damophyla. Peut-être.

Alcée. Elle a consacrée Atthis, à l'instant ! Tu l'as vue ! Que te faut-il de plus pour rentrer à Lesbos ?

Damophyla. Que je le décide.

Alcée. Mais...

Damophyla. C'est assez. Ai-je besoin qu'on décide à ma place ? Ai-je besoin qu'un homme, fut-il le meilleur ami que j'ai, me dicte ma conduite ?

Alcée. Mais enfin...

Damophyla. Est-ce que je n'ai pas une bouche pour parler, un cerveau pour décider, une âme pour vouloir ? Vous, les hommes, vous faudra t-il toujours choisir et diriger nos vies ? Faut-il bien que même en amour, où vous avez si souvent part, vous ayez besoin de vous mêler de l'amour des femmes qui en aiment d'autres ? Laissez-nous avec notre amour. Les athéniennes se mêlent-elles des pédérastes ? Non, elles les laissent entre eux. Alors laisse-nous mourir entre nous si nous le voulons !

Alcée. Eh bien, soit, fais ce que tu veux ! Et je rentrerai seul, laissant deux amies mortes ! Excuse-moi d'avoir voulu qu'elles restent en vie ! *(Un temps)*

Damophyla. Alcée... il n'est pas temps de faire étalage de nos fiertés. J'ai dit ce que j'avais à dire. Je sais que tu m'aimes beaucoup et que tu aimes Sapphô aussi. Mais plus rien ne l'arrêtera, et moi non plus. Alors pour l'amour de nous, s'il te plaît, ne nous rend pas cette tâche plus difficile. *(Elle le prend dans ses bras)*

Alcée. C'est donc cela qu'elles ressentent lorsque leurs frères et leurs pères partent à la guerre ?

Damophyla. C'est bien cela, Alcée. Et tu le vois, c'est toujours plus difficile pour celui qui reste.

(Elle sort, Alcée baisse la tête)

ACTE 5
Camp des Bacchantes au Mont Tmolos

Scène 1
SAPPHÔ, *seule*

Sapphô arrive près d'un des feux de camp mais les bacchantes semblent avoir déserté les lieux. Sapphô cherche quelqu'un des yeux. Elle est observée.

STANCES DE SAPPHÔ N°3

Mon nom est Sapphô, je viens modestement
Demander audience à la déesse reine,
Pour moi je suis sans nul ressentiment.
J'ai l'âme sereine.

J'ai assez vécu pour achever ma quête,
Mon œil est fermé, je n'attends que la mort
Je lui tends les bras, aujourd'hui j'y suis prête,
J'accepte mon sort.

Vous verrez en moi l'éternelle amoureuse
Qui tourna ses yeux tout du côté des femmes,
Qui les a aimées durant sa vie heureuse,
A chanté leurs âmes.

Mes tendres amies, que vos noms resplendissent !
L'obscur avenir se souviendra de nous
Mika, Gurinô, Damophyla, Atthis,
Mon cœur est à vous.

Et ma poésie, si on la désapprouve,
Brisée, éclatée, réduite en maints fragments,

Seront des joyaux que les années éprouvent
Éternellement.

Apparaissez donc, ô féroces bacchantes,
Moi, Sapphô, vous offre un facile exutoire !
Depuis trop longtemps, Urcydie, tu me hantes,
Finis mon histoire.

Scène 2
SAPPHÔ, URCYDIE, DAMOPHYLA (cachée)

Urcydie. Tu as donc choisi la folie, Sapphô de Lesbos. Tu ne vaux pas mieux qu'Orphée, vous, les poètes, vous êtes tous les mêmes.

Sapphô. Qui choisit la raison n'a pas d'histoire.

Urcydie. C'est vrai, et je vais m'empresser de terminer la tienne. Quelle arme choisis-tu ?

Sapphô. Je ne viens pas me battre.

Urcydie. Curieuse conception de l'honneur. Mais soit. *(Elle lève sa griffe de fer et s'élance vers Sapphô pour la transpercer, mais à ce moment, Damophyla pousse Sapphô et se fait ainsi transpercer à sa place)*

Sapphô. Oh non, non... *(Elle tient Damophyla tandis qu'elle se vide de son sang)*

Urcydie. Le chaton qui se rue pour sauver la faible lionne. Tragique.

Sapphô. Tais-toi, matricide ! Regarde le sang innocent répandu ! Damophyla, plus pure que le reflet de la lune sur l'océan, la plus aimante, la plus douée de toutes mes

160

disciples ! *(Damophyla, qui ne peut plus parler, fait un sourire à Sapphô avant d'expirer)* Tu m'as souri. Comme je n'ai pas mérité ce sourire ! Pardonne-moi, pardonne-moi, c'est toi qui m'aimais le plus ! Damophyla ! *(Les nuages arrivent et on entend la foudre) (Musique Athéna)*

Urcydie. La colère de Zeus.

Sapphô. Non, Urcydie, la colère de sa fille !

Scène 3
SAPPHÔ, URCYDIE, DAMOPHYLA (morte), ATHÉNA
(Note : Dans le but de pouvoir jouer cette pièce à quatre, l'on pourra au besoin remplacer Athéna par sa voix céleste)

Athéna. Écartant les nuages aux reflets transparents,
J'ai vu qu'on attentait à la vie d'une enfant,
Sans pouvoir l'empêcher, j'ai vu ce coup terrible
Provenant de la main d'une femme insensible,
Qui ajoute ce crime au registre infini
Où se trouve déjà tant de meurtre impuni.
Tu pouvais t'arrêter, en voyant qu'à ta cible
On avait substitué cette enfant prévisible ;
Mais tu la transperças sans même t'en soucier,
Pour voir cette chair tendre écartée par l'acier,
Pour distraire ta vie, que tu veux éternelle
Mais qui t'ennuie déjà, malheureuse immortelle !
Cette vie consumée dans le crime et l'excès
Pour immonde qu'elle fut se passe d'un procès ;
Te l'ôter je ne puis, tu dépends de mon frère,

Qui laissa prospérer ton action délétère.
Mais je vais l'appeler, il me rendra raison,
Te laisser vivre encor, ce serait trahison.
Ho ! Hola ! Bakkhos, m'entends-tu, frère indigne ?
Descends donc parmi nous, laisse ton jus de vigne !

Scène 4
SAPPHÔ, URCYDIE, DAMOPHYLA (morte), ATHÉNA, BAKKHOS

(Les pipeaux et les harpes annoncent la venue du dieu du vin, de la fête et du désir. Bakkhos paraît.)
Bakkhos.
Dérangé dans les bras d'une nymphe !
Quel culot, l'affaire n'est pas mince
J'espère ! *(il voit le corps)* Nom de Zeus ! Tant de sang !

Athéna. Mon frère, ouvre les yeux et cesse donc ce cirque !
Cesse aussi de paraître avec toute ta clique
En affichant partout ton plaisir satisfait !
Observe bien plutôt cet immonde forfait
Commis par ta prêtresse Urcydie la maudite,
Juge sans balancer quel châtiment mérite
Une pareille offense à la face des dieux,
Une si vile action, un crime si odieux,
Qui n'est qu'un court ajout à la très longue liste
Des nombreuses horreurs dont elle est spécialiste.

Bakkhos. Est-ce croyable enfin ?*(Il se tourne vers Urcydie)* Quoi ? *(Pas de réponse)* Allons !

Commis-tu, Urcydie, en mon nom,
Une semblable offense ? *(Pas de réponse)* Oui ? Réponds !

Urcydie. Il y a bien longtemps, Bakkhos, que je n'agis
plus en ton nom.

Bakkhos. Ah, ma sœur ! Suis-je bien concerné ?
À Bakkhos, nul ne fut enchaîné !
Elle agit en conscience, elle-même !

Athéna. Crois-tu que ces mots-là et toute ta fatuité
T'ôte totalement responsabilité ?
Tu as fait sa puissance, elle est ta créature
Pareille horreur n'est pas dans toute la nature ;
Il fallait ton pouvoir, tes provocations
Pour mener cette fille à ces exactions.

Bakkhos. Cette vie-là, la vengeance en est cause,
Je l'ai dit, Urcydie sait la chose !
Le premier sang qui coule est sans fin !

Urcydie. Il en a une cependant, c'est le seuil de l'Olympe.
Je rêvais de te voir pour le pouvoir atteindre. Ton règne est
terminé, grand dieu du désordre, sur ton trône, désormais,
c'est moi qui siégerai !

Bakkhos. Ah vraiment ? Et que crois-tu donc faire ?
Ton insoumission peut me plaire,
Mais pour me remplacer, comment faire ?

Urcydie. Comme ceci ! *(Elle veut se jeter sur lui pour le
frapper mais est arrêtée au milieu de son mouvement par
le pouvoir mental de Bakkhos)*

Bakkhos. Savoir que, sous le coup d'un caprice,
D'un crime, tu puisses être l'autrice,

Me déçoit fortement, Urcydie.

(Le pouvoir mental du dieu commence à étrangler Urcydie. Sapphô, voyant qu'il va la tuer se précipite sur elle et Bakkhos relâche son étreinte mentale)

Sapphô. Oh, par pitié, Bakkhos, ne tue pas cette femme ! Que personne ne meure encore en ma présence ! C'est parce que la mort répond à la mort que jamais ne cicatrise la première plaie ! Sois la dernière roue contre la barbarie, ne prolonge pas cette chaîne de mort !

Athéna. Sapphô, même la mort ne pourrait expier
Les infamies que laisse un si grand charnier
Pour dure qu'elle soit, elle est encor trop douce
Pour punir justement l'intention qui la pousse.

Urcydie. Tue-moi, Bakkhos, tue-moi. Aie le courage de défaire ce que tu as fait. La déité ou la mort.

Sapphô. Je t'en supplie, Bakkhos ! Pas une goutte de sang !

Athéna. Dois-je vous rappeler les horreurs de sa vie ?
Peut-on sans injustice épargner Urcydie ?
Violée par Penthée, violeuse à son tour,
Pour voler une vie et détruire un amour,
Cela par jalousie, par ambition perfide
Pour imposer aux dieux une âme matricide !
Elle a tué ses amies, et entre autre forfait
Décapita Orphée car il lui résistait.
Ses griffes de tigresse ont violé Eurydice,
Énième victime à attendre justice.

Sapphô. Tu dis vrai, Athéna, il faut faire justice. Je

demande Bakkhos, une saine justice. Tu es dieu, tu peux tout, le destin seul peut te faire obstacle. Il t'a mis sur ma route. Choisis, je t'en supplie, un autre châtiment.

Bakkhos. Ô Sapphô, ton regard m'attendrit,
Et mon choix était sans doute écrit,
Je choisis un autre châtiment.

Poétesse, retire-lui son masque.
(Sapphô lui retire le masque. Il la regarde)
La voilà. C'est la peur qu'on démasque !
Je connais ces grands yeux couleur d'encre.

(S'adressant aux autres)
Qu'Urcydie, plutôt qu'elle ne meure,
Par mes mains soit transformée en fleur
Et nous la nommerons l'ail des ours,

Souvenir du nom de ma bacchante,
Urcydie, cette ourse combattante.
C'est ainsi qu'on purgera cette âme.

Urcydie. Je ne suis pas une fleur blanche.

Bakkhos. Tu le fus, avant qu'on te violente
Ce retour dans une ère accueillante
T'ôtera ce si pesant fardeau.

Aide-moi donc, Sappho, viens là ;
Donne lui ton pardon, tiens-la,
Pour l'aider à partir, loin des hommes.

(Sapphô tient Urcydie comme une enfant dans ses bras, cette dernière, résignée, attend la métamorphose)

Urcydie. Est-ce que je vais avoir mal ?

Sapphô. Non.

(Bakkhos pose ses mains sur la tête d'Urcydie et descend le long de son visage, dans un mouvement des deux mains symétriques. Urcydie alors respire plus fort et attrape la main de Sapphô qu'elle pose sur son sternum, le point exact d'où partait sa douleur dans la première pièce et maintient cette main sur elle. Des larmes lui viennent tandis que les mains de Bakkhos remonte sur le sommet de sa tête)

Urcydie. Merci, Sapphô, Bakkhos, merci. *(La lumière tombe)*

Scène 5
SAPPHÔ, BAKKHOS, ATHÉNA, DAMOPHYLA
(étendue)

(Lorsque la lumière revient, il reste dans les mains de Sapphô une fleur d'ail des ours. Elle va la planter tandis que les deux dieux se regardent.)

Sapphô. De retour à la terre, nourris et restaure les âmes que tu as tourmentées.

(Elle revient à Damophyla et s'agenouille près d'elle)

Athéna. *(à Bakkhos)* Ce fut digne de toi et cette mascarade
N'a rien de surprenant chez ton cerveau malade.
Tu punis la vertu et consacre l'horreur,
Tu flattes les méchants croyant avoir bon cœur,

Ce que tu te permets, nul autre dieu ne l'ose
Père aurait refusé cette métamorphose.

Bakkhos. Si c'est vrai, qu'il vienne me le dire.
Quant à toi, tu déclenchas le pire
Car Sapphô, au péril de sa vie,

En ces lieux, fut envoyée par toi ;
Sans arme ! N'en ayant pas le droit,
Tout cela, c'était selon tes termes !

Sapphô. Athéna, Bakkhos. Je vous en prie, si l'on peut prier deux dieux, cessez cette querelle. Le chaos s'en nourrit, et j'en ai bien trop vu. Athéna, tu parlais d'équilibre, je n'aspire qu'à lui. Et toi Bakkhos, tu fus sensible à la saine justice. La voici rendue, quelque chemin qu'elle ait pu prendre. *(Elle tend la main vers Athéna)* Je suis ta prêtresse, tournée vers la sagesse, car je veux l'équilibre. *(Elle tend la main vers Bakkhos)* Je suis toute passion, et j'écris des poèmes, teintés de mon désir. *(Aux deux)* Je suis faite de vous, en égale partie. *(Athéna prend la main de Sapphô, Bakkhos fait de même)* L'ordre et le désordre ne peuvent entrer en duel sans laisser derrière eux un monde mutilé. Mais tous deux, main dans la main, peuvent produire un miracle. *(Elle les regarde. Ils se donnent leurs mains restantes. Sapphô lâche alors leurs mains et ils les réunissent. Un éclair aveuglant apparaît. Noir)*

Scène 6
SAPPHÔ, DAMOPHYLA

(Les dieux ont disparu. Mais un immense halo de lumière

entoure Damophyla. Sapphô la regarde, ne croyant pas à ce prodige. Après un temps, Damophyla se relève. Sapphô, timide, avance près d'elle et lui prend les mains. Alors Damophyla ouvre les yeux.)

Sapphô. Tu es là.

Damophyla. Je suis là. Pour toujours. *(Elles s'embrassent. Tandis qu'elles s'embrassent, le décor change autour d'elles. Elles se retrouvent à Mytilène, dans l'amphithéâtre du premier acte.)*

Épilogue
Mytilène

SAPPHÔ, DAMOPHYLA, ALCÉE, ATTHIS, les habitants de Lesbos

(De longs applaudissements succèdent à ce baiser, qui surprennent les deux protagonistes qui voient qu'elles sont de retour à Mytilène)

Alcée. Gloire à Sapphô ! Gloire à la première des Lesbiennes !

Sapphô. Gloire à Damophyla, mon éternel amour.

Damophyla. Gloire à vous, lesbiennes et lesbiens, qui nous laissez une place parmi vous.

Sapphô. Viens, Damophyla, versons délicatement dans les coupes d'or le nectar mêlé de joies.

Alcée. C'est cela, mangeons et buvons !

(Atthis entre et s'approche de Sapphô. Damophyla veut s'éloigner mais Sapphô la retient et l'approche d'elle.)

Atthis. Je devine que ton éternel amour pour moi n'est plus qu'un lointain souvenir. Je ne t'en veux pas. Je t'ai fait du mal, je le sais ; mais j'ai eu mal aussi.

Sapphô. J'accepte ma part dans les torts que nous avons eu. Et je serai toujours là pour toi, Atthis, nulle haine, jamais, ne traversera mon visage lorsque je poserai les yeux sur toi.

Atthis. C'est tout ce que je te demande. *(regardant Damophyla)* Pardon Damophyla, pour tout ce que j'ai pu te dire. Amies ? *(elle lui tend la main)*

Damophyla. N'exagérons rien. Connaissances. *(elle lui serre la main)*

Atthis. Cela me va. *(elle commence à s'éloigner)*

Alcée. Eh bien, sur ces charmantes retrouvailles allons-nous boire et manger à présent ?

Atthis. J'en suis tout à fait d'accord. Et je danserai pour toi si tu veux. *(Elle se love contre lui)*

Alcée. Tu me prends au dépourvu ! Je ne ferai pas cela à ma meilleure amie !

Sapphô. Voyons ! Je ne t'en voudrais pas Alcée ! J'ai appris avec vous à aimer le plaisir des autres ! Chantons et dansons, pour l'amour retrouvé !

(Atthis embrasse Alcée qui commence à jouer de la lyre.)

Grand final de la trilogie avec l'entrée d'Urcydie en robe blanche, accompagnée par Bakkhos et Athéna.

Fin de la trilogie

Imago des Framboisiers est avant tout un auteur dramatique et directeur de la troupe « Les Framboisiers ». Sa compagnie se produit en France, en particulier chaque année au Festival d'Avignon OFF.

Oeuvres d'Imago des Framboisiers

LES AMOURS DE FANCHETTE – Théâtre – ILV Editions – crée le 8 mars 2012 au Théâtre Le Proscenium à Paris

NOS AMOURS LES PLUS BELLES – Roman – Editions BoD – 2018

LE PORTRAIT DE DORIAN GRAY, d'après le roman d'Oscar Wilde – Théâtre – Editions BoD – 2018

© 2020, des Framboisiers, Imago
Edition : Books on Demand,
12/14 rond-Point des Champs-Elysées, 75008 Paris
Impression : BoD - Books on Demand, Norderstedt, Allemagne
ISBN : 9782322240425
Dépôt légal : décembre 2020